古典詩歌研究彙刊

第十五輯

龔鵬程 主編

第 3 冊

白居易絕句研究（上）

張 健 著

國家圖書館出版品預行編目資料

白居易絕句研究（上）／張健 著 — 初版 — 新北市：花木蘭
文化出版社，2014〔民103〕
目 24+164 面：17×24 公分
（古典詩歌研究彙刊 第十五輯：第3冊）
ISBN 978-986-322-591-1（精裝）
1.（唐）白居易 2.唐詩 3.絕句 4.詩評
820.91   103001193

ISBN-978-986-322-591-1

9 789863 225911

古典詩歌研究彙刊
第十五輯　第三冊   ISBN：978-986-322-591-1

白居易絕句研究（上）

作　　者　張　健
主　　編　龔鵬程
總 編 輯　杜潔祥
副總編輯　楊嘉樂
編　　輯　許郁翎
出　　版　花木蘭文化出版社
社　　長　高小娟
聯絡地址　235 新北市中和區中安街七二號十三樓
　　　　　電話：02-2923-1455／傳真：02-2923-1452
網　　址　http://www.huamulan.tw 信箱 hml 810518@gmail.com
印　　刷　普羅文化出版廣告事業
初　　版　2014 年 3 月
定　　價　第十五輯 20 冊（精裝）新台幣 30,000 元

白居易絕句研究（上）

張　健　著

作者簡介

張健，著名詩人、散文家、評論家。

曾任台大中文系專任教授、外文研究所博士班教授、文化大學中文系專任教授、香港新亞研究所客座教授、馬來西亞新紀元學院中文系客座教授、武漢中南財經大學教授、中山大學、彰化師大、臺北藝術大學教授、藍星詩社主編、《現代文學》編輯委員、世界華文詩人協會創會理事、中國時報專欄作家、中央研究院中國文哲所訪問學人、文建會文藝創作班詩班主任、國家文藝獎、金鼎獎、金鐘獎、教育部文藝獎、中國時報文學獎等評審委員。現為台大中文系兼任教授。著有詩集、散文、小說、學術著作、傳記、影評等一百十餘種。

提　　要

白居易是中國十大詩人之一。

白詩一共有三千餘首，是唐代重要詩人中作品最多的一位。

他的詩雖多平易近人，老嫗都解，但也有一些精深及工麗的作品。

他的絕句作品一共七百多首，尤以七言絕句為多。前人未有專門研究白氏絕句者，故有本書之作。

本書一共分為兩大編：上編為白居易的五言絕句，下編為白居易的七言絕句。

並且各按其作品的內容、題材，作進一步的分類。

然後逐首介紹其內涵及境界，並且分析其修辭結構及作法。

目

次

上編　五絕研究

前　言

　　白居易（772～846）是中國十大詩人之一〔註1〕，家諭戶曉，有井水處有白詩，其傳播之廣，不在淵明、李、杜之下。

　　白詩一共有三千餘首，是唐代著名詩人中產量最多的一位，他的詩平易近人，但也有一些精深、工麗之作，不可以「平易近俗」一筆抹煞。

　　他的絕句一共有七百多首，尤以七絕爲多。前人未有專門研究白氏絕句者，故有此書之作。

　　本書共分兩編，上編爲白居易的五言絕句，下編爲白居易的七絕。各按其內容作進一步的分類。

　　白居易大半生仕宦於朝，曾任杭州刺史、蘇州刺史、河南尹等地方長官，在中央則曾任知制誥、刑部侍郎、太子少傅分司東都、翰林學士等職，以刑部尚書致仕，先後爲國家、人民做了不少事。他關心民生疾苦，常製作反映民間生活及抨擊政治黑暗、社會不平的詩，但那些作品多爲古體詩，亦有律詩，絕句中較少。

　　茲先就他的五絕分類探究賞析，各類中大致按創作時代前後爲序。

─────────────────

〔註 1〕 如大連出版社有《中國古代十大詩人精品全集》，（1997 年），收入屈原、陶淵明、王維、李白、杜甫、白居易、杜牧、李商隱、蘇軾、陸游十人。頗爲允當。

壹、人生及哲理

一、盩厔縣北樓望山

> 一爲趨走吏，塵土不開顏。辜負平生眼，今朝始見山。〔註2〕

此詩作於元和元年（806），白居易三十五歲，正任職盩厔（屬京兆府）尉。

因爲白氏今年才由校書郎轉任畿尉，辛苦奔走，忙於瑣雜公務，故有「身不由己」之感。前兩句便充分透露了這一訊息。

首句直述，「趨走」二字醒目。次句在「不開顏」之上綴以「塵土」一詞，可謂張力十足。世俗紛紜，紅塵撲面，故塵土與不開顏之間，實有因果關係；當然，塵土二字，有寫實意涵，也有象徵意義。

三句「辜負平生眼」，乃由「不開顏」緊接而來。正因塵土纏身撲面，乃不能開眼見物。「辜負」二字，何等痛切，而「平生眼」三字，多少透顯作者的自信和自負。四句在「今朝」與「見山」之間度一「始」字，令讀者神爲之爽，眼爲之明。

此詩非寫景之作，主旨不在寫山，乃在寫作者平生之「眼」，平生之胸襟，側寫吏務之苦辛和無奈。淵明「悠然見南山」的境界，亦幽然在焉。

此詩二十字，可爲樂天一生寫照。

二、別韋蘇

> 百年愁裏過，萬感醉中來。惆悵城西別，愁眉兩不開。〔註3〕

此詩作於元和二年（807），仍任盩厔尉。所以此詩情調，實與前一首相似。三十六歲的人，照說不該如此低調。但擔任縣官的詩人，自有許多感慨和鬱愁。不論別者爲誰，其實只是借題發揮。

前二句爲白氏集中名句。乍看有些誇張。其實此二句可以作最寬廣的解讀：

〔註2〕 朱金城箋注《白居易集箋校》（上海古籍出版社，2003年10月一版二刷）頁740。

〔註3〕 同上，頁742。

愁，爲喜怒哀愁的代表，含七情六慾，詩人最「鍾情」的似乎就是愁。百年愁裏過，不過是強調人生不如意事常十之八九，但也未必就否認了其他感情的存在。

「萬感醉中來」亦當如此看待：醉中萬感，醒時何嘗不感不想？不過醉時更痛快直截，與好友別筵同醉，更覺酣暢痛切，故有此感此說。

末二句明白說明當時情景，反覺可有可無了。而且重複一「愁」字，尤覺有贅餘之嫌。

三、病中作

　　久爲勞生事，不學攝生道。年少已多病，此身豈堪老？〔註4〕

此詩作於貞元五年（789），居易才十八歲，居長安。若不知創作年月，幾疑爲久歷塵世之人。尤其前兩句，更讓人懷疑：此豈少年樂天手筆？「久」字沒著落，「勞生事」亦說得勉強，若到四、五十歲後再說此話，也許比較能令人信服。後二句說得很有邏輯，也可以算作一則人生哲理，但據實而論，少年身與老年身，其實不盡相同。不過這兩句的口吻，倒是比較合乎一個多愁善感的少年人的身分。

四句與二句緊扣，三句亦與首句相合轍。

四、問淮水

　　自嗟名利客，擾擾在人間。何事長淮水，東流亦不閑？〔註5〕

此詩作於貞元十年（800）以前，居易二十多歲時。

首二句是入世已不淺的少年白居易的泛泛感慨之辭。「擾擾在人間」扣牢「名利客」三字，甚爲精準。再加上「自嗟」二字，已成一獨立詩境。

後二句實爲一轉：人間如此，大自然莫非亦復如此？故用近乎嚴厲的口吻責問悠長的淮水：「何事」「東流」「亦不閑」。問得似乎理直氣壯。

〔註4〕同上，頁770。
〔註5〕同上，頁787。

我若爲淮水，可回敬以：「我自在東流，正是一種悠閒，何得謂我『不閑』？」但亦可能如此回答：「天生萬物，由不得自己。我只能日夕東流，你若說我擾擾，我也只好認了。但我畢竟不是『名利』。」

樂天當之必折。

五、有感

絕絃與斷絲，猶有却續時。唯有衷腸斷，無應續得期。〔註6〕

此詩作於元和九年（814），居易四十三歲，居故鄉下邳。

此詩的技法爲以實比虛，亦詩家慣用。絃絲本爲實物，「衷腸」便是抽象比喻之物：喻人之情感。絲絃可續，眞情斷絕後，便難再恢復。其實續綴之絲絃，亦不如原絃原絲，但比起人之「衷腸」來，畢竟好得多了。人間固有情斷之後復交的實例，畢竟屈指可數。然則居易此詩，雖說得明白，仍不失爲一首敘人情的哲理詩。

六、答友問

似玉童顏盡，如霜病鬢新。莫驚身頓老，心更老於身。〔註7〕

此詩亦作於元和九年。

首二句用了兩個比喻：玉顏、霜鬢。又添入「童」、「病」兩個形容詞，亦帶喻意。可是末了的動詞，一「盡」，一「新」，却全然是相反的意思。整個的意涵却是反而正。以比喻人老。

三、四兩句是又拓新境：上二句所示現的，只是人在外形上的衰老。後二句却說人心之老，可惜直白道來，未免有欠含蓄。這是白詩的一般缺點。

不過「莫驚」二字，還是使末十字增加了一些鮮活的氣氛。

七、重寄

蕭散弓驚雁，分飛劍化龍。悠悠天地內，不死今相逢。〔註8〕

〔註6〕同上，頁856。
〔註7〕同上，頁857。
〔註8〕同上，頁908。

此詩作於元和十年（815），居易四十四歲，居長安，任太子左贊善大夫。詩題一作「重寄元九」。

前二句用了兩個比喻：前爲泛喻，後則用典：張華二劍事。對仗得好，比喻得切。人之分離，或受外在之逼迫，或因命運之安排，二喻盡之。

後二句不但是刻畫人生至情至理，亦透顯元、白之間恆久不變的友情。有此堅貞的友情，乃能萌生如此的信心。其實人海茫茫，兩個東奔西走、身不由己的人，以後能否再見，本無定數。以「悠悠天地」、「不死」爲大小前提，得出一個「相逢」的結論，正足展示友誼之可貴，它是超越時空的。

八、庾樓新歲

歲時銷旅貌，風景觸鄉愁。牢落江湖意，新年上庾樓。〔註9〕

此詩成於元和十二年（817），居易四十六歲，被貶於江州（今江西九江市），爲江州司馬，因爲不得意，易生感慨。

庾樓又名庾亮樓。據《清統志·九江府一》：「庾樓在府治後，濱大江，其磯石突出於江干百許步。相傳庾亮鎮江州時所建。按：此因《晉書·庾亮傳》有『秋夜登南樓』之事而傅會也。」范成大《吳船錄》卷下云：「甲午，泊江州，登庾樓。前臨大江，後對康廬，背面皆登臨奇絕。又名山大川悉萃此樓，他處不得兼有，此獨擅之。」足見其景象奇偉。

此詩首二句寫旅人面臨美景之心情：年長、思鄉。這是人的兩大罩門。「銷」、「觸」二動詞甚爲精切。

三句「牢落江湖意」，「牢落」扣「旅貌」、「鄉愁」，「江湖意」既切庾樓，亦照應「歲時」、「風景」。四句「新年」仍應「歲時」，「庾樓」則承「風景」。三三五五，莫不串連。

新年上庾樓，引出多少感慨！人生本多艱苦不平，一逢新年，更

〔註9〕同上，頁 1017。

覺不堪承受；一上庾樓，愁上加愁，更銷旅貌矣。

此詩若重若輕，較前數詩蘊蓄。

九、結之

歡愛今何在？悲啼亦是空。同爲一夜夢，共過十年中。〔註10〕

此詩作於大和六年（833），居易六十一歲，人在洛陽，爲河南尹。結之指陳結之，爲居易之姬人。詩題一作「贈結之」，較完整。結之即其妾桃葉。

此係追念佳人之作。首二句已盡洩題意。歡愛、悲啼，同是一場空。三句再加重此意，以「一夜夢」代「空」。末句說明二人相處之年月。

此詩是追念之辭，亦是對人生之感慨。

十、恨去年

老去猶耽酒，春來不著家。去年來校晚，不見洛陽花！〔註11〕

此詩作於元和四年（830），五十九歲，人在洛陽，任太子賓客分司。

此係感慨人生多艱，老去耽酒，春不著家，俱是無可奈何之事。三、四句並非轉折，乃是補充：去年來洛都稍晚，見不到盛放於洛陽的牡丹花。

全詩表面上都是生活的實際寫照，其實是抒寫人生的空茫無奈。題目在「去年」上著一「恨」字，其旨意了然可知。

十一、微之敦詩晦叔相次長逝歸然自傷因成二絕之一

併失鴛鴦侶，空留麋鹿身。只應嵩洛下，長作獨遊人。〔註12〕

此詩作於大和七年（833），居易六十二歲，在洛陽，任太子賓客分司。

〔註10〕同上，頁1855。
〔註11〕同上，頁1930。
〔註12〕同上，頁2119。下一首同此。

首句、次句均用喻，一說元稹諸友，一謂自身－麋鹿長壽，但時予人孱弱之感。「併」字力重。

三句以嵩洛寫實，然嵩山、洛水之間，豈不正是麋鹿遨遊之地？亦正是他和諸好友當年同遊之所。

四句「長」字「獨」字對應，不啻劇力千鈞。

人生至此，復何言哉！

十二、微之敦詩晦叔相次長逝歸然自傷因成二絕之二

　　長夜君先去，殘年我幾何？秋風滿衫淚，泉下故人多！

此詩首句實寫，但「長夜」似亦有言外之意，可視作雙關語。

次句與首句對擎，乃倒裝句：我尚存殘年幾何？「殘年」對「長夜」極親切。

三句一轉，實亦承也。秋風上應長夜，復諧「殘年」。長夜半實半虛，殘年抽象，秋風則具體寫實矣。

秋風與「滿衫淚」結合為一，益增悲感。

四句完足題旨。首句之「君」，似為單數，實指複數之友人，四句則以「故人」繼之，「多」字更明示為諸友。「泉下」又和「長夜」、「秋風」遙相呼應。

貳、生活寫照

一、村居二首之二

　　門閉仍逢雪，廚寒未起煙。貧家重寥落，半為日高眠。〔註13〕

此詩作於元和九年（814），居易四十三歲，住在下邽（今陝西省渭縣東北）。

首句說在宅之簡陋，門戶雖閉，風雪仍鑽隙而入；次句寫生事之窘，無米糧起炊。不知有無誇張。

三句總括全詩旨意：貧窮，寂寥。四句或是實寫，但也透顯一種

〔註13〕同上，頁862。

生活逸趣。高眠少餐或免餐。但前面加綴一「日」字，便增添了不少情趣。高眠室中，看窗外日頭瞳瞳乎！

此詩結構實爲三一式，四句似爲前三句之果而實小異。

二、早春

雪散因和氣，冰開得暖光。春銷不得處，唯有鬢邊霜。〔註14〕

此詩同上詩，亦作於元和九年。

這首詩先用兩句描寫初春的實景。冰雪既解凍，暖光暖氣便氤氳而生。此時作者（詩中人）的享用自得，當不難想像。

三句一轉：春光春氣，畢竟有銷蝕不得者，四句一合：唯有鬢邊如霜之白髮。

起承轉合，一絲不懈。此詩是人生之微慨，亦是生活之寫眞。

白居易常露早衰之態，此其一例。他才四十三歲咧。

三、商山路有感

萬里路長在，六年身始歸。所經多舊館，太半主人非。〔註15〕

此詩作於元和十五年（820），居易四十九歲，在忠州至長安途中，任司門員外郎。

商山，《清統志・商州》：「商山在州東。……在州東八十里丹水之南，形如商字，路通武關。俗以四皓隱此，有避世之智，亦名爲智亭。」山在今陝西省商縣之東。

此詩寫人生漂泊之感，萬里路，六年歸。居易由四川忠州回家，（時在長安任官，以此爲家）感慨不淺。

三句寫實，重點在「舊」字，上扣「六年」。四句合：主人已非原主，「太半」二字，度得允當。

這是人生詩，也是生活詩。旅途，是人生的一部分，也是一種生活經驗。

〔註14〕同上，頁 863。
〔註15〕同上，頁 1208～1209。

四、城上

城上鼕鼕鼓，朝衙復晚衙。爲君慵不出，落盡遶城花。〔註16〕

此詩作於長慶三年（823），居易五十二歲，在杭州，任杭州刺史。

首句以聽覺打頭，鼕鼕之鼓，在此不是悅耳的音樂，乃是催促的警鐘。二句補足其意：身爲地方長官，日理萬機，早衙復晚衙，忙個不停。眞是無奈！

三句再補足其義：「爲君」（暗合爲國、爲民之義）效命，不能出城看花，其義甚明，偏偏加一「慵」字，是自我嘲謔，亦是莫可奈何的低調。四句「落盡遶城花」，是遺憾，也是讚美－讚美天公造物何其繁華。鼕鼕鼓、遶城花，似反實不反。

細看此詩，可以看出白公的氣度和幽默感，不宜只作牢騷語看。

五、湖上夜飲

郭外迎人月，湖邊醒酒風。誰留使君飲？紅燭在舟中。〔註17〕

此詩亦作於長慶三年（823），居易五十二歲，任杭州刺史。

此詩與前一首作於同年，心境却全然不同。這兩首詩正可看出白居易的兩種生活型態及心情。一爲認眞任事，一爲逍遙自在。

此詩從頭到底，寫人物合一或物我合一之境。

首句把月擬人化，動詞著一「迎」字；次句又擬人化「風」，以醒酒之使命屬之。十字已使讀者欣悅，如身在其境。

三句自問，四句自答。而這次的主角却變成了「紅燭」，「留」「飲」之任務，似更勝前二者。

月在郭外，風在湖邊，紅燭在舟中，其實三者同地，同爲白使君好友，四者合一，乃得佳詩妙境。

六、七年元日對酒五首之一

慶弔經過懶，逢迎拜跪遲。不因時節日，豈覺此身羸？〔註18〕

〔註16〕同上，頁1356。
〔註17〕同上，頁1370。
〔註18〕同上，頁2099。

此詩作於大和七年（833），居易六十二歲，居洛陽，爲河南尹。以下四首亦同此。

身爲政府官員，兼爲著名詩人，在唐朝那樣的時代裏，其忙碌不問可知。忙慶弔，忙逢迎。此詩前十字却把這種近乎無聊的生活情態寫活了：「經過懶」，「拜跪遲」！

三句切題：元日爲年節。但前面加上「不因」，再接四句的「豈覺」，便是一個扣緊因果關係的大轉折：此身已因人間慶弔婚喪，以及官場之逢迎跪拜，弄得裏外瘦羸了！

因平日久習成慣，不覺身羸；因節日輕鬆放任，乃覺身心俱衰疲！

生平尋常的事，正是生活詩的來源。

七、七年元日對酒五首之二

眾老憂添歲，余衰喜入春。年開第七秩，屈指幾多人？〔註19〕

此詩與上首不同之處在於：上一首只想自己，只說自家；此首則與友人們相比。

首句「眾老」，次句「余衰」，詞對，意半對：眾對余，老對衰，但老、衰實同一義。然而首二句之末二字便全然不同了：「添歲」、「入春」，本爲我與眾人之所同，但眾人只覺添歲之愁，余乃獨享入春之喜氣。

三句繼續發揮入春之喜：年開七秩，意謂我已六十出頭，已啓七秩之開端，此說頗爲新鮮，但足見樂天之豁達胸懷。四句不過順水推舟，但亦頗能增益聲勢。

白之曠達，不減前之淵明，後之東坡。

八、七年元日對酒五首之三

三杯藍尾酒，一楪膠牙餳。除却崔常侍，無人共我爭。

藍尾酒，謂酒巡匝末坐者，連飲三杯爲藍尾。蓋末座遠，酒行到常遲，故連飲以慰之。藍字一作啉，貪婪、貪杯之意。

〔註19〕同上，頁2100，下三首同此。

藍尾酒三杯，言其多飲、暢飲，一碟餳糖，可口而膠牙，本不宜老人食用，樂天偏愛啖之。

末二句引出崔常侍，指崔玄亮。玄亮（768～833）比居易長四歲，於詩、琴、酒有癖好，故自號「三癖翁」，與居易交情甚好，居易甚至謂之「工五言、七言詩，警策之篇，多在人口。」惜多散佚，《全唐詩》只收了兩首，殘篇一句，《全唐詩補編》收三句。

此詩後二句說只有玄亮和他爭食爭飲。不知是因二人在座中最年長，還是二人最資深秩高？或許是二人最貪杯饞嘴吧！

全詩充滿朝氣。

九、七年元日對酒五首之四

今朝吳與洛，相憶一欣然。夢得君知否？俱過本命年。

此詩想念當年在吳（蘇州）的往事：今朝同席飲酒，無論在蘇州、在洛陽，多少友情，多少往事，相憶之下，我心欣然。此為平實的生活敍述。

三句忽然跳脫，直向一人說：夢得（劉禹錫），你記得嗎？今年我倆同過「本命年」！按所謂本命年，應是壬子歲生，再逢壬子年。白、劉同年，劉又恰是蘇州人，所以因巧合成此詩。三句用一問句，更增親切感。

看來劉禹錫亦在席間。

十、七年元日對酒五首之五

同歲崔何在？同年杜又無。（小註：余與吏部崔相公甲子同歲，與循州杜公及第同年。秋冬二人俱逝。）應無藏避處，只有且歡娛。

此詩中的崔相公指崔群，與居易同歲，卒於大和六年八月，年六十一歲，白氏有〈祭崔相公文〉（文集卷七十）。杜指杜元穎，與居易貞元十六年（800）同年進士及第，亦卒於大和六年（十一月）。

此詩追念二友，十分哀戚。乃以歡娛逃避其傷痛。全詩旨意一目

了然。三句一轉，若輕而實重，「應無」二字，與四句之「只有」二字相應合，再加一「且」，劇力千鈞。

　　由以上十首生活詩中，既可看出白居易的詩酒風流，既重視友情，也注重生活情調。白青年時代曾有貧窮的經驗。

參、抒情

　　此項包括一般的抒情及自抒處境與胸懷。

一、禁中

　　門嚴九重靜，窗幽一室閒。好是修心處，何必在深山？〔註20〕

　　此詩作於元和三年（808）至元和五年（810），居易三十七歲到三十九歲，人在長安，左拾遺，翰林學士。

　　此詩寫為學士在禁中上班。前二句門嚴窗幽，對仗工切。九重靜，一室閒，互相呼應。

　　照說這樣的環境，應該孳生寂寞之感。偏偏居易本心偏於靜定，又學佛有得，故三句一轉，說此處正是修心養性之地，人要修養，何必定在深山曠野中，四句這一結，明用問句，實為肯定之思語。「好是」二字平和而懇摯，為全詩帶來一種寧謐的氣氛。

二、友人夜訪

　　簷間清風簟，松下明月盃。幽意正如此，況乃故人來。〔註21〕

　　此詩作於元和九年（814），居易四十三歲，居下邽。

　　首句「簷間」，實為「簷下」，為平仄而換用。清風吹竹席上，明月照酒杯中，此時此景，歡何如耶！

　　三句以「幽意」二字籠括之，甚洽。四句才點出題旨：故人夜訪。以三句之背景、氛圍，烘托末一句之實情實事，效果卓然。二十字不嫌少，風月詩酒，盡在其中矣。

〔註20〕同上，頁285。
〔註21〕同上，頁338。

三、微風夜行

　　漠漠秋雲起，稍稍夜寒生。但覺衣裳濕，無點亦無聲。〔註22〕

　　此詩作於元和十年（815），居易四十四歲，在長安至江州途中，任江州司馬。

　　「江州司馬青衫濕」，是此期名作〈琵琶行〉中的名句，此詩中亦同樣出現「衣裳濕」的字樣，但意境各別。

　　漠漠秋雲，是實寫景象亦是暗喻心境。稍稍夜寒，又何嘗不是如此。

　　三句衣濕，亦是寫實，四句「無點亦無聲」，意指此雨乃小雨微雨，故不但無聲，亦不見雨點。此二句豈不亦暗喻當時居易的心情和處境。「但覺」二字，可謂全詩之「句中眼」。

　　此詩表面上淡淡漠漠，其實暗蘊深至之情，是一首含蓄的佳作。

四、除夜宿洺州

　　家寄關西住，身為河北遊。蕭條歲除夜，旅泊在洺州。〔註23〕

　　此詩作於貞元二十年（804），居易三十三歲，在洺州（今河北省永年縣），為校書郎。朱金城謂時白家已移住下邽〔註24〕，即此詩中之「關西」（今陝西省渭城縣東北）。按：關西，夙指陝西、甘肅二省，當是居易到洺州上任，家人仍寄住在長安附近之故鄉。

　　首二句「住」、「遊」之間，耐人尋味。

　　三、四句只是實寫，卻因「蕭條」一狀詞，「旅泊」一動詞，不禁令人興感。大凡抒情之作，本不必大張旗鼓，輕描淡抹，自成局段。

五、涼夜有懷

　　清風吹枕席，白露濕衣裳。好是相親夜，遲遲天氣涼。〔註25〕

　　此詩約作於貞元十六年（800）居易中舉以前，二十多歲，懷念

〔註22〕同上，頁 548。
〔註23〕同上，頁 758。
〔註24〕同上，頁 759。
〔註25〕同上，頁 766。

其戀人所作，當與湘靈有關。

首二句細寫背景及身體感受，是「涼夜」一目之好解。

三、四句又用「好是」打頭，極妥切。「相親」二字極含蓄，「遲遲」二字有些神祕。三句以「夜」墊底，四句用「涼」作結，切題而妙。

這是最標準、最狹義的抒情詩，或可簡稱之爲「情詩」，直接寫情處，却只「相親」二字。

六、晝臥

抱枕無言語，空房獨悄然。誰知盡日臥，非病亦非眠？〔註26〕

此詩作於元和九年（814），居易四十三歲，居下邽。

首句寫實，猶如一幅簡樸的圖畫。二句擴大視野，度出「悄然」一義，上應「空房」之「空」。

三句說明「盡日（閒）臥」，在「誰知」之後，申明非病亦不是睡眠。

這一場面，令讀者情不自禁作種種猜測：是沉思？是沉哀？是無聊？是做白日夢？或四者皆有，或居其二、三？看來唯有起居易於地下，始能得正確之答案矣。

七、庾樓新歲

歲時銷旅貌，風景觸鄉愁。牢落江湖意，新年上庾樓。

按此詩已見於「人生與哲理」一章。此處再就「抒情」之立場稍事賞析。此詩中的情感，有歲月不饒人之感慨，亦有思鄉之情感與情緒，又有生涯漂泊無定的感懷。時在新年，地在庾樓，可謂五合一矣。

八、自悲

火宅煎熬地，霜松摧折身。因知群動內，易死不過人。〔註27〕

〔註26〕同上，頁 855。
〔註27〕同上，頁 1070。

此詩作於元和十三年（818），居易四十七年，在江州，任江州司馬。

火宅，謂炎熱之住宅，江南夏日甚熱，此時住宅又較簡樸，其炎熱有煎熬居人之感。又：佛家以火宅為煩惱之俗境，故可視作雙關語。次句用喻，己身若霜中之松，已有遭環境摧折的感覺。此二句寫盡當時不得意的困境。

三句一大轉，是作者之頓悟－天下萬物，四句一合：人最易死。換言之，他用比較含蓄的口吻，寫出求死、欲死的低沉心境。在居易集中，甚少如此跡近絕望的作品。

九、醉中對紅葉

　　臨風杪秋樹，對酒長年人。醉貌如霜葉，雖紅不是春。〔註28〕

此詩作於元和十三年（818），居易四十七歲，在江州任司馬。

此詩比上一首達觀些，但仍不脫灰色情調。

首句二句一寫自然，一寫人。但三句卻巧妙地把二者合而為一，作了一番對比。

首句「臨風」、二句「對酒」，對仗得很瀟灑。「杪秋」和「長年」更對得自在。

三句雖含誇張意味，卻很有醒神的效果。四句一轉，卻發生跌宕的效果。

人生如夢。此四句已把歲月不饒人、官場不得意、人不如樹等旨意冶於一爐。

十、南浦別

　　南浦淒淒別，西風嫋嫋秋。一看腸一斷，好去莫回頭。〔註29〕

此詩約作於長慶三年（823）以前。

首句實寫，淒淒表情，次句補充，嫋嫋是客觀寫照，也是主觀感受。以「秋」對「別」，似對非對，反得其妙。

〔註28〕同上，頁1079。
〔註29〕同上，頁1220。

三句稍欠含蓄，得來太易，四句順水推舟，自說亦囑友。

此詩可謂白詩標準模式。

十一、莫走柳條詞送別

南陌傷心別，東風滿把春。莫欺楊柳弱，勸酒勝於人。〔註30〕

此詩作於長慶二年（822），居易五十一歲，居長安，任中書舍人。

首句寫實，近似上首，以「傷心」表情，次句補充，但與上首稍異，上首是同向寫景抒情，此首則異向而抒：「東風」、「春」，而且用特殊的動詞「滿把」。以此反襯傷心之別離。

三句無中生有，莫欺楊柳。四句又是順水推舟，勸酒之功勝人。因為楊柳孃孃，令人心感神傷，而且別時折柳送人之習俗，似乎也有助於它勸酒之效。

題目「莫走」疑為「莫欺」之誤。

十二、怨詞

奪寵心那慣？尋思倚殿門。不知移舊愛，何處作新恩？〔註31〕

此詩作於元和十一年（816）至長慶二年（822）間。

首句破題，直寫而抽象；次句接踵而來，由抽象至寫實象。三句自問，四句續之，是跨行句。二句竟成對仗：「舊愛」、「新恩」，扣得緊密；「移」、「作」對擎亦有力道。

首字為「奪」，遭人奪寵也，然竟不知何人、何處奪之，細思之更增傷痛。

十三、宿陽城驛對月

親故尋迴駕，妻孥未出關。鳳皇池上月，送我過商山。〔註32〕

此詩作於長慶二年（822），居易五十一歲，由長安至杭州途中，赴任杭州刺史。

〔註30〕同上，頁 1281。
〔註31〕同上，頁 1302。
〔註32〕同上，頁 1314。

前二句異說同義。赴任杭州刺史，本應是好事一樁，但妻子未能同往，親朋遠送，戞然而止，心中畢竟難受。

三句一轉，以鳳皇池取景，而以月爲主軸，四句完成此景此境：明月送我過山，此情此意，既溫暖又凄清。

出關、過山，同而不同。旅人心情如畫。

十四、山泉煎茶有懷

　　坐酌泠泠水，看煎瑟瑟塵。無由持一盌，寄與愛茶人。〔註33〕

此詩作於長慶二年（822），居易五十一歲，由長安赴杭州途中。

旅途中一二小事，往往情意綿綿，此其一例也。

首句實寫，「酌」、「泠泠」俱好。二句更妙：不在「瑟瑟」，乃在末字之「塵」。水乎，茶乎，塵乎，殊不可分，不可辨。

末二句藉茶抒慨：親朋已遠，妻孥也不在身邊，愛茶人更在何處？

欲寄一盃茶，猶如欲寄一片心，「無由」！無奈之極矣。

十五、見李蘇州示男阿武詩自感成詠

　　遙羨青雲裏，祥鸞正引雛。自憐滄海畔，老蚌不生珠。〔註34〕

此詩作於長慶四年（824），居易居杭州，爲杭州刺史。

按此詩詩題十三字，比文本之二十字，只少七字，特別長，似乎也可反映作者心境之沉鬱。

李蘇州，蘇州刺史李諒，字復言，有政績，與元稹、白居易均有交情，白氏集中有多首贈李諒。

首句稍爲誇張，用以烘托次句「祥鸞引雛」，正面用喻，謂李諒不但有兒子，而且能詩。三句一轉，回到自己身上，揭出自己大半生之痛：沒有兒子，亦用一喻：老蚌不生珠。三句之「自憐」，遙對首句的「遙羨」；「滄海畔」則呼應「青雲裏」，妙琢成章。

〔註33〕同上，頁1321。
〔註34〕同上，頁1387。

十六、逢舊

久別偶相逢，俱疑是夢中。即今歡樂事，放盞又成空。〔註35〕

此詩作於大和三年（829）至大和五年（831），居易在洛陽，年近六十。

此詩前兩句爲「乍見翻疑夢」之翻版。但與前者各有意趣，「久別」、「俱疑」加味。

三句謂久別重逢共飲，互述別後光景，是人生一大樂事。四句又一轉，謂放盞再別，一切又若成空。此詩起承轉合，次第分明：四句前二字轉，後三字合。

十七、恨詞

翠黛眉低斂，紅珠淚暗銷。曾來恨人意，不省似今朝。〔註36〕

此詩作於大和三年（829），居易五十八歲，人在長安。

前二句細寫佳人眉目體態。「淚暗銷」三字尤爲入神。

三句之「曾來」，王士禎《萬首絕句選》及汪本作「從來」，較佳。

三句謂從來所懷之恨意，莫如今日之甚。閨怨日深，恨意日重。「不省」二字，有「是邪非邪」之妙。

肆、時代

反映時代及歌頌時世之作，多爲古體詩，五絕只有三首，仍聊備一格。

一、太平樂詞二首之一

歲豐仍節儉，時泰更銷兵。聖念常如此，何憂不太平？〔註37〕

此詩作於元和二年（807），居易三十六歲，居長安，爲翰林學士。詩題下有小註：「已下七首在翰林時奉勅撰述。」既爲奉勅所撰，能頌不能諷，固已前定。

〔註35〕同上，頁 1769。
〔註36〕同上，頁 1771。
〔註37〕同上，頁 1213。

首句著重在提倡節儉，次句倚重於不用兵。歲豐、時泰，不妨視作烘托之辭。

三句直頌，四句扣定「太平」之世。用「何憂」反問句，多少留出一些迴旋的空間。

詩雖主頌，但未嘗不暗寓勸勉、鼓勵之意。

二、太平樂詞二首之二

湛露浮堯酒，薰風起舜歌。願同堯舜意，所樂在人和。〔註38〕

此詩似以「堯酒」、「舜歌」為實體，其實仍是虛設之辭。加一「湛露」，增一「薰風」（現成的），更添三分風姿。

三句亦合亦轉，四句全合。

堯舜之意如何？人人日出而作，日入而息，萬民和熙，合而言之，則不外「人和」二字。

此詩不忌「堯」、「舜」二字重出，雍容大方，甚為得體。頌而不諛，莊而含勸。

三、小曲新詞二首之一

霽色鮮宮殿，秋聲脆管絃。聖明千歲樂，歲歲似今年。〔註39〕

此詩作於元和二年（807），居易三十六歲，在長安，任翰林學士。

首句破題，以「鮮」為動詞，頗新鮮。

次句以聲配色。

三句一轉一綰合。

四句展拓其境。

三句之「千歲樂」可視作雙關語。

此為五言頌歌，居易不過偶一為之。

〔註38〕同上，頁1214。
〔註39〕頁1214。

伍、寫景

一、前庭涼夜

露簟色似玉，風幌影如波。坐愁樹葉落，中庭明月多。〔註40〕

此詩作於元和二年（807），居易三十六歲，在盩厔任盩厔尉。盩厔，在今陝西省長安縣西。

首二句連用二喻，似玉如波，十分的切。又，簟上加露，幌上加風，亦使二句增色不少。白居易工於寫物狀形，此爲一例。

三句一轉：由喜而愁，因爲樹葉要落，人莫可奈何。四句忽又一轉：明月多。人生和世間，本多喜愁參半之情景，此詩三樂一愁，參差成趣。

二、早秋獨夜

井梧涼葉動，鄰杵秋聲發。獨向簷下眠，覺來半床月。〔註41〕

此詩亦作於元和二年。

首句寫大自然之景：井邊梧桐，涼風吹之，葉葉顫動。梧桐葉大，一動則發聲。次句寫人事，鄰家洗衣之杵聲，聲聲入耳。此二句妙處在二句前二字寫人事，末三字則與首句公用：由「動」（此字亦公用）到「發」，一氣呵成，亦形亦聲，亦天亦人。

三句酷似上首之「坐愁樹葉落」，四月亦略像上首之「中庭明月多」。但整體而言，此詩聲、形合一，不作喜愁參差語。若說或有早秋之微愁，也是完全蘊蓄在內（半床月之半，是否微透消息？），若有若無。

三、村雪夜坐

南窗背燈坐，風霰暗紛紛。寂寞深村夜，殘雁雪中聞。〔註42〕

此詩作於元和七年（812），居易四十一歲，居下邽。

〔註40〕同上，頁278～279。
〔註41〕同上，頁280。
〔註42〕同上，頁328。

此句由屋內寫起，「南窗」略似淵明之「東窗」，「背燈坐」論人以一種心情，一種低調。次句寫室外，有風有霰，暗指夜色，紛紛指霰落。「背燈」與「暗」與「風霰」，皆若有因果關係。

三句直說時空，深村是空間之補足，「夜」是時間之強調，「寂寞」則是心緒之總結。四句由近而遠：殘雁、雪，因「聞」雁聲而知雪，知「殘」雁－殘者孤也，上扣寂寞，上接風霰。

寫景所以抒情，情的部分可少說，「寂寞」二字足矣。

四、招東鄰

小榼二升酒，新簟六尺床。能來夜話否？池畔欲秋涼。〔註43〕

此詩作於元和十一年（816）至元和十二年（817），居易在江州，任江州司馬。

這首詩可以另列記事、抒情一類，但三句都寫景物，不妨視之爲一種「人間風景」。

小榼酒二升，外加六尺新簟之牀，已使人嘴爲之饞，心爲之馳。二句對仗得十分自然。兩個數字，一表容量，一表長度，然讀者不覺其迥異。

三句是對話，却正好抒情。

四句忽然跳脫到室外：池畔、秋涼。「秋涼」之上加上一個「欲」字，更添幾分風姿。

回頭再想：酒、床何嘗不可置放於池畔？讀者至此，乃醺然欲醉矣。

五、山下宿

獨到山下宿，靜向月中行。何處水邊碓，夜舂雲母聲？〔註44〕

此詩約作於元和十二年（817）到元和十三年（818），居易仍在江州任司馬。

首二句平平實實，但「獨到」對「靜向」，仍有其獨到之處。「山

〔註43〕同上，頁382。
〔註44〕同上，頁402～403。

下」、「月中」，信手拈來，自成趣致。

白氏〈尋郭道士不遇〉：「雲碓無人水自舂。」有自注：「廬山中雲母多，故以水碓擣鍊，俗呼爲雲碓。」如此則三、四句豁然得解。加「何處」，稍添風致。

仔細傾聽：「月中行」雖靜，或不免有步履聲，由步聲到水碓聲，是一種升向，也是一種配襯。

六、池畔二首之一

結構池西廊，疏理池東樹。此意人不知，欲爲待月處。〔註45〕

此詩約作於長慶四年（824）至寶曆元年（825），居易居洛陽，爲太子左庶子分司。

此時居易已五十多歲，心情更爲寧靜淡泊，由此二詩可以見到。

首句「結構」似爲半虛設而實不可缺。西廊、東樹，信筆成對。

三句一轉，亦爲一突破，引發四句之合：欲以西廊、東樹、池爲待月之處。「結構」、「疏理」之功，將不徒然矣。

七、池畔二首之二

持刀剗密竹，竹少風來多。此意人不會，欲令池有波。

此詩前二句跟上一首的首二句雖結構小異，而功能實同。首句用一罕見字「剗」作動詞，似乎對於「密竹」毫不留情，但二句已把結果展現：因竹少，乃致風多。

三句同前首，改一字，不嫌重複。

四句突破：欲令池有波。池無波則死，則呆滯。於是我大動乾坤，刪竹砍竹。效果既得，詩亦圓滿。此處之池，由前首的配角翻變成主角了。

八、禁中秋宿

風翻朱裏幕，雨冷通中枕。耿耿背斜燈，秋床一人寢。〔註46〕

〔註45〕同上，頁458～459，下首同。
〔註46〕同上，頁474。

此詩約作於元和二年（807）至元和三年（808），居易在長安，任職翰林學士。

因身爲翰林學士，有時得值班夜宿禁中，故有此作。

首二句完全實寫：風翻朱幕，「裏」字似湊句，雨冷中枕，「通」字稍好。二句實爲互文。

三句亦寫實，「耿耿」論長夜。四句才是全詩核心，秋夜，禁中，一人，孤寢。

此詩平易而好，後二句尤有味。

九、夜雨

早蛩啼復歇，殘燈滅又明。隔窗知夜雨，芭蕉先有聲。〔註47〕

此詩約作於元和十一年（816）至元和十三年（818），居易在江州，任江州司馬。

此際居易心境較爲低沉，由此詩首三句的意象可以感知：早蛩、殘燈、夜雨。「啼復歇」、「滅又明」交織成一闋凄涼的交響曲。

但是四句的「芭蕉先有聲」，卻爲全詩起一振拔之力量。此「有聲」前應二句之「明」，足見居易心情仍有上下參差之現象。

早蛩啼，殘燈明，芭蕉夜雨，是一幅畫，也是一首樂曲。

十、秋夕

葉聲落如雨，月色白似霜。夜深方獨臥，誰爲拂塵牀？〔註48〕

此詩作於元和六年（811），居易四十歲，正居於下邽。

首二句兩相用喻，一聽覺，一視覺，這也是居易慣用的技法之一。好在兩個喻依－「雨」、「霜」又屬於同類的物事。

三句實際交代時間和主要動作。四句一轉，是一突破，也引發讀者愕然之情：誰？爲拂塵牀？

是不耐寂寞吧？抑或眞介意於世俗、人間之塵？耐人尋思。

〔註47〕同上，頁508。
〔註48〕同上，頁515。

十一、江樓聞砧

　　　江人授衣晚，十月始聞砧。一夕高樓月，萬里故園心。〔註49〕

　　此詩作於元和十年（815），居易四十四歲，在江州任司馬。

　　首二句十字一義，謂江州人也許因爲氣候溫暖，十月才感秋涼，才開始授冬衣，才開始聽到打砧聲。

　　這兩句只是起頭，砧聲既入心，便引發下二句了。

　　三句寫景，並明示時間。高樓，登高易感，月色，容易引發思鄉之念，因此順理成章流注至第四句：「萬里故園心」。以萬里對一夕，是空間對時間，以高樓月對故園心，是兼涵空間、大自然與人生。

　　居易爲北方人，來到南方，時序氣候的感覺頓異，因而更易聞砧興鄉思。

十二、宿東林寺

　　　經窗燈焰短，僧爐火氣深。索落廬山夜，風雪宿東林。〔註50〕

　　此詩作於元和十一年（816），居易四十五歲，任江州司馬。

　　首二句寫夜宿東林寺的室內實景。「經窗」示佛寺，「僧爐」更直抒。「燈焰短」對「火氣深」，細品乃知其工切有加。

　　三句總說，四句補足。在抒情的「索落」與寫外景的「風雪」之間，一幅圖畫完足矣。

　　前二句是近景，「燈焰短」已是特寫鏡頭。後二句是中景、遠景。

十三、夜雪

　　　已訝衾枕冷，復見窗戶明。夜深知雪重，時聞折竹聲。〔註51〕

　　此詩亦作於元和十一年。

　　此詩與上一首，背景雖不同（此在江州城，上一首是遊宿廬山時），但其爲雪夜之作則同。

　　二詩布局亦大致相同：首二句寫室內之景：牀上衾枕俱冷，窗外

〔註49〕同上，頁553。
〔註50〕同上，頁554。
〔註51〕同上，頁558。

因有月光映照雪光，乃見窗戶通明。

三句說出時間，並引出本詩重點：「雪」。夜深人靜，更能側耳細聆，乃知雪之重，證據在四句，時間大雪沉墜折斷竹枝之聲。

居易五絕寫景，平平淡淡，而詩中有畫焉。

十四、郡中

鄉路音信斷，山城日月遲。欲知州近遠，階前摘荔枝。〔註52〕

此詩作於元和十四年（819），居易四十八歲，人在忠州（今四川省忠縣），爲刺史。

山城郡中爲官，別有滋味。前十字明白傳神。「日月遲」直扣上句之「音信斷」。今言「對外交通斷絕」，於是感覺到日也遲遲，月也遲遲，歲月慢行。「鄉路」、「山城」看似相對，實指一物。

後二句有些詭異。如何知忠州之遠？其實有很多法子，詩人却獨選摘荔枝一事。荔枝非中原產物，廣東盛產，四川亦產之，故云。

日月遲，摘荔枝：六字似可說盡忠州風光。郡守心境亦緣此可以想像。

十五、宿梓亭驛

夜半梓亭驛，愁人起望鄉。月明何所見？潮水白茫茫。〔註53〕

此詩約作於貞元十六年（800）以前，居易二十幾歲時。

樟亭驛在杭州，錢塘縣舊治之南五里，今稱浙江亭。

首句破題，次句承題。至此時、地、人、情俱全矣。

三句一轉，先補綴出明月之景，再自問何所見於斯地斯時。四句一口氣回答：潮水。白。茫茫。

驛臨錢塘江，故有此一景觀。

水茫茫，心亦茫茫，此句正上應「愁人起望鄉」：故鄉遙遠而茫茫一片，猶如眼前之潮水。

〔註52〕同上，頁583。
〔註53〕同上，頁788。

十六、禁中聞蛩

悄悄禁門閉，夜深無月明。西窗獨闇坐，滿耳新蛩聲。〔註54〕

此詩約作於元和三年（808）至元和五年（810），在長安任翰林學士。

絕句（尤其五絕）妙處，在恍忽什麼也沒說，其實什麼也說到了。此詩正是一例。

翰林學士在禁中值宿，夜深未眠，亦不見窗外月光。此情此景，寂寥極矣。

西窗下暗中坐，三句其實乃重複首二句，但增一「坐」字，點明「西窗」。

四句一大轉，終於突破岑寂落寞之氛圍。新蛩聲已足珍惜，再加一「滿耳」，更添喜悅之情。

蛩，蟋蟀之別名。

十七、秋蟲

切切闇窗下，喓喓深草裏。秋天思婦心，雨後愁人耳。〔註55〕

此詩寫作時間同上一首，內容題材亦近似。

上詩先寫岑寂之境，四句才出示「蛩聲」。此詩則逆向運作：開門見山，寫出喓喓蟲聲。首二句為跨行句（run-on line），兩句實為一句。「切切」對「喓喓」，切切是入耳深切義，亦可解作蟲聲，與喓喓似異而同，「闇窗下」對「深草裏」，極諧。

三句一轉：秋天思婦心，謂蟲聲猶如思婦之心，在雨夜，頻入愁人之耳。亦可解作：蟲聲入思婦、愁人之耳，引發愁思。

十八、遺愛寺

弄石臨谿坐，尋花遶石行。時時聞鳥語，處處是泉聲。〔註56〕

此詩作於元和十二年（817），居易四十六歲，在江州任司馬。

〔註54〕同上，頁828。
〔註55〕同上，頁829。
〔註56〕同上，頁1034。

廬山北峰曰香爐峯，峯北寺曰遺愛寺，介峯寺間，其境勝絕，甲於廬山。見〈草堂記〉（白居易集卷四三）。

首二句寫遊寺外風景之狀：臨溪、遶寺是位置，弄石、尋花是動作；坐、行補足之。

三句由視覺意象轉向聽覺意象，四句繼紹之。

石、溪、花、寺、鳥、泉，美景如斯，那怕不藉「時時」、「處處」添色，亦堪滿足矣。

十九、龍昌寺荷池

冷碧新秋水，殘紅半破蓮。從來寥落意，不似此池邊。〔註57〕

此詩作於元和十四年（819），居易四十八歲，人在忠州，為刺史。

首句五字，字字可圈可點。冷是溫度感覺，碧是顏色，新秋是季節，水是池中之主要角色。二句繼之，亦同樣出色：「殘」、「破」二字上下呼應，半字更添風味。

三句一轉，以冷碧之水，半殘之蓮，作為寥落之化身，乃有四句之圓合。

寫寥落而略帶喜感，可謂白居易之絕技。

二十、池西亭

朱欄映晚樹，金魄落秋池。還似錢唐夜，西樓月出時。〔註58〕

此詩作於長慶四年（824），居易五十三歲，人在洛陽，任太子左庶子分司。

首二句寫景，難得那麼華麗。朱、金相映：晚樹，秋池。三句一轉，與遙遠的杭州夜相比，西樓，月出。

金魄，月也，沈佺期有「金魄度雲來」之句。二句之金魄，與四句之月，似不免重複。但一落、一出，亦自有別。（按：落者反映也，非落下義。）

〔註57〕同上，頁1163。
〔註58〕同上，頁1591。

首句之「朱欄」，與末句之「西樓」遙相呼應。

五絕寫景點到為止；但此首引發聯想，便覺添味。

二十一、塗山寺獨遊

野徑行無伴，僧房宿有期。塗山來去熟，唯是馬蹄知。〔註59〕

此詩作於大和元年（827）。居易五十六歲，居長安，任秘書監。塗山寺在長安城南，皇甫村神禾原之東南。

此詩寫獨遊之景況，前句點題，次句說出地點及夜宿之意。對仗瀟灑。

三句仍然點題，增一「熟」字。四句乃有突破：騎馬來往，故他之獨行，以及塗山寺的路徑，唯有馬知－馬蹄知。

馬與居易，於此合而為一矣。若說擬人，竟不限於馬，更及於馬蹄。

二十二、池窗

池晚蓮芳謝，窗秋竹意深。更無人作伴，唯對一張琴。〔註60〕

首二句對仗自然，義則相反：蓮花謝、竹意深，但仔細體味，則實為相反相成。

末二句宛然一轉：有蓮有竹，有池有窗，但欠一人－無人作伴。

四句補三句之憾：一張琴伴我！

外有蓮、竹、池，中有窗，內更有琴，足矣！

題為「池窗」，頗有新意。

以上二十二首五絕，寫景都限於日常生活環境及路途所見所聞，並無高山大川之景，蓋皆於律、古中表現之。何況居易之登山臨水的機緣，比諸謝靈運、袁枚輩，畢竟大大不如。

〔註59〕同上，頁 1717。
〔註60〕同上，頁 1776。

陸、詠物

一、琴

　　置琴曲几上，慵坐但含情，何煩故揮弄？風絃自有聲。〔註61〕

　　此詩作於長慶四年（824），居易五十三歲，居洛陽，任太子左庶子分司。

　　首句實寫破題：「曲几」形象頗美，足以配襯一張素琴。次句接榫，動作、情感俱有了。

　　三句一轉，表面上是寫出居易對樂器、奏樂的一種態度，其實也可以把它視作白氏的一種人生態度，這至少是中年白樂天的人生觀：一切任其自然，或順水推舟，或無爲而然。

　　四句應稱三句：風吹到絃上，自然會發出樂音來。

　　風若不來，則此時無聲勝有聲。然乎？不然乎？

二、鶴

　　人各有所好，物固無常宜。誰謂爾能舞？不如閑立時。〔註62〕

　　前二句對仗，實說二事：人各有好，不可相強；物各有宜，未必一定。二者皆爲至理名言，樂天終生奉行此二旨趣。

　　三句正式入題：鶴翔若舞，故有人以爲鶴天生能舞，居易用反問句委婉斥駁之。

　　四句則指出一條正途，白鶴之可貴，不在能舞（其實本不爲舞），而在閑立大地上，優游自在，優雅難及。

　　此詩前後互相照應。而二十字之內，白居易已成白鶴知音。

三、照鏡

　　皎皎青銅鏡，斑斑白絲鬢。豈復更藏年，實年君不信。〔註63〕

　　此詩作於元和六年（811）至元和十年（815）間，居易在下邽。

〔註61〕同上，頁 455。
〔註62〕同上，頁 455。
〔註63〕同上，頁 507。

首句描寫鏡，青銅是它的本質，皎皎是它的樣相。

二句寫自己：恰恰成一有趣的對比。但「白絲」之絲爲比喻。

三句突破：鏡能藏年？或人能掩藏其年？不不。

鏡本能反映人的體貌，此人所共知。但居易以爲：眞實年齡非鏡所能呈示，我之實年君不易信。年方四十，鬢已雪白，如何紀年？

此詩亦可列入抒情類。

四、感髮落

昔日愁頭白，誰知未白衰。眼看應落盡，無可變成絲。〔註64〕

此詩作於元和五年（810），居易三十九歲，居長安，任京兆戶曹參軍、翰林學士。

三十九歲（實足三十八歲）的白居易，竟說「昔日」愁髮白，次句緊接著說：其實髮未白，人未衰。

正在慶幸之際，三句忽然一轉：不白之髮，逐漸零落殆盡。此乃不白不成絲的根本原由：落盡了，何來白何來絲。

如此詠髮，亦可謂奇矣。此詩一抑一揚，二十字可當四十字讀。

此詩亦可歸於抒情類。

五、紅藤杖

交親過滻別，車馬到江迴。唯有紅藤杖，相隨萬里來。〔註65〕

此詩作於元和十年（815），居易四十四歲，在長安赴江州途中。

紅藤杖即赤藤杖，又名朱藤杖。產自南詔，是唐代朝士珍賞之物。〈三謠序〉（卷三九）有云：「予廬山草堂中有朱藤杖一、蟠木機一、素屏風二，時多杖藤而行，隱机而坐，掩屏而臥。」其中之〈朱藤謠〉云：「朱藤朱藤，溫如紅玉，直如朱繩。自我得爾以爲杖，大有裨於股肱。」

滻水原出藍田縣境之西曁，稍北行，至白鹿原西，即趨大興城。

〔註64〕同上，頁815。
〔註65〕同上，頁938〜939。

首二句寫一般旅程，由京至江州，路途遙遠，送者過潯即告別，自己的車馬則行到長江，換船南馳。二句對仗，交親皆人，車馬爲物。

三句才是本詩主體，四句乃是本詩主旨。

紅藤杖自已擬人化，於居易如友如親。

六、雨中題衰柳

濕屈青條折，寒飄紅葉多。不知秋雨意，更遣欲如何？〔註66〕

此詩作於元和十年（815），居易四十四歲，在長安至江州途中。

首句正寫雨中衰柳，三字形容柳枝本身：濕、屈、青，形色俱全；一字寫它的「衰」－折！

次句烘襯首句：側寫黃葉飄落，其實柳樹無「葉」，故黃葉應爲其他樹木所飄落者，不過「寒」字可與柳共用。

二句描寫已足。

三句一轉，向秋雨興師問罪，說「不知」是客氣。

四句說清楚了：秋雨，到底你還要怎麼樣？還有一句話沒說出口：未免欺柳太甚，雪上加霜！

短短四句，恍若一齣短劇。作者是愛打抱不平的「第三者」。

有戲劇性，自然增添詩味。

詠物與寫景、抒情，往往有灰色地帶，本節第三到第六首，均不免如此。

柒、思人或寄人

一、長安送柳大東歸

白社羈遊伴，青門遠別離。浮名相引住，歸路不同歸。〔註67〕

此詩作於元和二年（807），居易二十六歲，居長安，任盩厔尉。

柳大爲居易之洛陽舊友，名不詳。洛陽城東有馬市，即白社故里。青門，即漢長安城東出南頭第一門霸城門。

〔註66〕同上，頁948。
〔註67〕同上，頁753。

首二句說明二人交情及離別簡況，二句似對非對，但其義則實相對。

三句自抒兼有自譴意，四句用二歸，強調柳大東歸（似是歸鄉）隱居或平居，與己之依戀浮名、繼續做官大不相同。

此詩平淡而磊落。

二、冬至夜懷湘靈

　　豔質無由見，寒衾不可親。何堪最長夜，俱作獨眠人！〔註68〕

此詩大約作於貞元二十年（804），三十三歲，在邯鄲，爲校書郎。

湘靈爲居易少年時代的戀人，先後曾有多詩及之。

首句以「豔質」歸結湘靈之美，次句寫悵惘之情。

三句更擴大首二句展現的情思。以「何堪」、「俱作」對擎，張力十足。

「獨眠」乃寫實，另一半卻是出諸想像。「最長」對「獨眠」，亦有力。

三、翰林中送獨孤二十七起居罷職出院

　　碧落留雲住，青冥放鶴還。銀臺向南路，從此到人間。〔註69〕

此詩作於元和五年（810），居易三十九歲，在長安，任京兆戶曹參軍、翰林學士。

獨孤郁元和五年四月一日自右補闕、史館修撰改起居郎，充翰林學士，同年九月出守本官－改尙書考功員外郎，復史館職。

首句，次句寫大自然的風雲變化，而以鶴喻獨孤郁。千字如詩如畫。

長安大明宮有左右二銀台門，此指右銀台門，蓋由此而入翰林院。

三句、四句一氣呵成，謂郁出翰林院，重返「人間」。

居易詩中常出「禁中」字眼，多爲任職翰林院中所作。看來在他心目中，禁中與人間是對立的：受困禁中，翩翩人間。

故以「從此到人間」作結，大有安慰，慶賀之意。

〔註68〕同上，頁760。
〔註69〕同上，頁793。

四、憶元九

　　渺渺江陵道，相思遠不知。近來文卷裏，半是憶君詩。〔註70〕

　　此詩作於元和五年（810），居易三十九歲，在長安，任左拾遺，翰林學士。

　　居易與元稹早年結交，生死友誼，終生不改。此詩二十字，已足夠流露其情摰。

　　時元稹在江陵，故首句如此說，渺渺二字有力有致。

　　二句順水推舟。雖曰「不知」，其實相知。

　　三、四兩句直抒，一目了然，然不減其風味。

五、重寄

　　蕭散弓驚雁，分飛劍化龍。悠悠天地內，不死會相逢。〔註71〕

　　此詩作於元和十年（815）居易四十四歲，居長安，任太子左贊善大夫。

　　首二句用喻兼用典，次句顯用張華雙劍典故。弓箭可驚散雙雁，寶劍可化為飛龍，都是說好友之分散，身不由己也。對仗得巧。

　　三、四句一轉一百八十度，而且下重筆：三句猶有「悠悠」作輔，四句則決絕到以「不死」為前提，以「相逢」為結論。此意悠悠蕩蕩，而二人至此不泯之情誼，宛然可見矣。

　　此詩可為古今友誼詩之冠冕。

六、問劉十九

　　綠螘新醅酒，紅泥小火爐。晚來天欲雪，能飲一盃無？〔註72〕

　　此詩作於元和十二年（817），居易四十六歲，在江州，任司馬。

　　劉十九，嵩陽處士，名未詳。〈劉十九同宿〉有云：「唯共嵩陽劉處士，圍棋賭酒到天明。」亦同期之作，足見二人友誼甚篤。

　　居易最善用五絕二十字，驅遣自如。此詩前十字不僅對仗，而且

〔註70〕同上，頁 844。
〔註71〕同上，頁 908。
〔註72〕同上，頁 1075。

畫出一幅生活佳圖。

三四句自然而出於對話，有時有景（天欲雪）有欲求，而且四句之五字，溫婉有加。使讀者聞之，不飲而自醉矣。

綠、紅之外，窗外白雪為襯，更添風致。

七、山中戲問韋侍御

我抱棲雲志，君懷濟世才。常吟〈反招隱〉，那得入山來？〔註73〕

此詩作於元和十三年（818），居易四十七歲，在江州任司馬。

韋侍御名不詳〔註74〕，居易有多詩贈之。

首句次句文，義俱相對，「棲雲」、「濟世」，對得灑落。

居易被貶江州，所受打擊甚大，故自承抱棲雲之志，欲歸山長隱。而韋侍御的官運似較他好，故以「濟世才」譽之。

三句謂韋常吟〈反招隱〉，此句上承二句，四句反問，正好作一二句之輔助。

此題以「山中」打頭，更有助於詩意之了解。「戲問」之「戲」，亦度得好。

八、吟元郎中白鬚詩兼飲雪水茶因題壁上

吟詠霜毛句，閑嘗雪水茶。城中展眉處，只是有元家。〔註75〕

此詩作於元和十五年（820），居易四十九歲，居長安，官司門員外郎。

此詩贈給元宗簡。

首句霜毛，指白鬚，說元詩，次句說品茶。二句分別破題。

後二句用「展眉」上應「霜毛」。四句完足其意，「只是」二字有力。

吟詩（友人之詩）、飲茶，放心而為，正是展眉舒懷之佳話。

〔註73〕同上，頁1104。

〔註74〕居易好友中，姓韋者有韋縝、韋長、韋處厚、韋弘景，皆未任侍御，處厚曾任翰林侍講學士。

〔註75〕同上，頁1223。

九、寄王祕書

霜菊花萎日，風梧葉碎時。怪來秋思苦，緣詠祕書詩。〔註76〕

此詩作於長慶元年（821），居易五十歲，在長安，任主客郎中，知制誥。

王祕書即王建，長慶初任祕書丞，見《唐才子傳》卷四。居易集中時見，有時稱他為「王司馬」。

首二句對仗得巧妙，也正好把秋日的時令充分展現出來。「霜菊」、「風梧」尤度得好。

三句一轉，其實亦是上承首二句，「秋思」不正是霜菊萎、風梧葉碎的自然感應？「怪來」二字頗有引逗作用，四句正好接榫：因為吟詠王建的風詩。

以「苦」說王建詩，亦居易之特殊眼力也。

此詩修辭，先濃後淡；此詩意涵，先淡後濃。妙。

十、吉祥寺見錢侍郎題名

雲雨三年別，風波萬里行。愁來正蕭索，況見故人名！〔註77〕

此詩作於長慶二年（822），居易五十一歲，正在長安赴杭州途中，已任杭州刺史。

錢侍郎，即錢徽；吉祥寺在湖北安陸府鍾祥縣東三里，即靈濟菴。

首二句信手拈來，自成體段。「雲雨」、「風波」都代表大自然，但感覺就不一樣，前者較溫暖，後者較淒冷。人生本二者兼具。「三十功名塵與土，八千里路雲和月。」岳飛〈滿江紅〉〔註78〕中亦用此法，一時間，一空間，塵土近於風波，雲月略似雲雨。此處「別」、「行」兩動詞亦對峙得好。

三句寫愁情用了三字「愁」、「蕭索」，稍嫌贅繁；四句突破，亦

〔註76〕同上，頁 1265。

〔註77〕同上，頁 1322。

〔註78〕按：此詞近人已有考據，恐非岳飛親筆所作。

正切題。見名不見人，已足增益愁思，回顧前十字，則二人之友誼可以想見矣。

十一、題故元少尹集後二首之一

黃壤詎知我？白頭徒憶君。唯將老年淚，一灑故人文！〔註79〕

此詩作於寶曆元年（825），居易五十四歲，在蘇州，任蘇州刺史。

元少尹即元宗簡。居易〈故京兆元尹文集序〉（卷六八）云：「著格詩一百八十五，律詩五百九，賦、述、銘、記、書、碣、讚、序七十五，總七百六十九章，合三十卷。」〈晚歸有感詩〉（卷十一）自注：「元八少尹今春櫻桃花時長逝。」宗簡當卒於長慶二年（822）三月末或四月初。

首句黃壤指地下之宗簡，次句白頭自指。在「詎」與「徒」之間，蘊蓄多少感慨！對仗得親切。

三句一轉，由「唯」字冠首，引發老淚，引發更多的思憶和無奈。四句爽神而悲，「一」字有力。淚可灑墳土，亦可灑故人詩文。

十二、題故元少尹集後二首之二

遺文三十軸，軸軸金玉聲。龍門原上土，埋骨不埋名。

此詩與上一首之不同，主要在於：上一首藉淚灑元氏詩文描寫刻畫作者對亡友的深情及懷念，而本詩則一貫讚頌元詩之佳好。

首句實說，一卷爲一軸。次句以「軸軸」引起，以「金玉聲」作平泛而眞摯的讚美。

三四句謂葬於龍門的元宗簡，其墳土埋了宗簡的屍骨，却沒有埋却他的詩文和名聲。

總而言之，元宗簡爲名詩人，人雖已亡，其詩文、其名望却是永垂不朽的。

二詩互相補足，互相輝映。

〔註79〕同註77，頁1429，下首同此。

十三、遠師

東宮白庶子，南寺遠禪師。何處遙相見？心無一事時。〔註80〕

此詩作於長慶四年（824），居易五十三歲，在洛陽，任太子左庶子分司。

首句自稱，次句說本詩主角廬山東林寺僧。十字全爲人物介紹，此外不著一字，介紹內容亦限於地、人名而已。

三句一轉：二人久不見面，只能遙遙相見而已。仔細體味，此見非彼見，其實並不是眞正的面對面，我見到你，你見到我。

四句正面解答了謎底：原來是在心平如水、無一事挂礙時、彼此遙望，不見而恍若已見。此正所謂「心有靈犀一點通」也。

回來再看前二句，方知其樸直有樸直之功效。

十四、問遠師

葷羶停夜食，吟詠散秋懷。笑問東林老，詩應不破齋？〔註81〕

此詩與上一首作於同時同地。

首句自寫停葷吃素之生活情事，次句接上「吟詠」，應是同時之事，一面吃齋，一面吟詩。「散秋懷」三字不知不覺中提昇了「停夜食」的境界。散者，抒發也。

三句一轉：遙遙笑問遠師。此情狀略同於上一首的「遙相見」。古人既無電話，此一「笑問」，只能是心電感應式的問答交談。

四句是笑問的內涵：吟詩與吃齋的關係如何？吟詩時是否應該吃素，庶幾有助於澄心靜慮？英詩人華滋華斯（William Wordsworth）曾云：「詩是熱情冷却後的省思。」莫非暗契斯旨？

十五、訪皇甫七

上馬行數里，逢花傾一杯。更無停泊處，還是覓君來。〔註82〕

此詩作於寶曆元年（825），居易五十四歲，在洛陽，任太子左庶

〔註80〕同上，頁 1580。
〔註81〕同上，頁 1581。
〔註82〕同上，頁 1611。

子分司。

皇甫七即皇甫湜：字持正，睦州新安人（今屬浙江省）。擢進士，爲陸渾尉，任至工部郎中，亦爲詩人。

上二句甚爲風雅。上馬遠行，逢花一飲。花多則程遠，妙在不趕時間，心無沾滯。

三句一轉：看花飲酒，並非「停泊」。此行之目的爲「覓君」（四句），故一路看花喝酒，只是蓄勢，只是以風雅事待風雅人。

題爲「訪皇甫七」，其實只寫訪前之行徑。「覓君」反而像是留白了。

十六、蕭庶子相過

半日停車馬，何人在白家？慇懃蕭庶子，愛酒不嫌茶。〔註83〕

此詩作於大和三年（829），居易五十九歲，在洛陽，任太子賓客分司。

蕭庶子，名籍，似爲居易同僚。

首二句寫蕭庶子乘坐馬車來訪，前後時間是半天光景。次句故意用一個問句，是表現親切之感，也是表示貴客臨門，格外珍惜。

三句只用二字描寫蕭籍：「慇懃」，而二字都加了「心」旁。

四句看似平平，其實却別有風味。若改說「愛酒亦愛茶」，不僅平仄不合，味亦減半矣。「不嫌」二字，正耐人尋味，蕭氏之風姿因而畢現。

十七、酬裴相公見寄二絕之一

習靜心方泰，勞生事漸稀。可憐安穩地，捨此欲何歸？〔註84〕

此詩作於大和三年（829），居易五十八歲，在洛陽，任太子賓客分司。

裴相公指裴度，時任宰相。與居易素有交情。

〔註83〕同上，頁 1883。
〔註84〕同上，頁 1889，下首同此。

此詩正寫居易晚年心境：學佛習禪，身在朝廷而心已出世：首句「習靜」，實指參禪，因而心廣體泰。

次句乃相對而言，心既已靜定，身亦少勞動。「漸稀」二字度得恰切。

三句一轉：所謂「安穩地」，即安身立命之地。四句緊接，用問句說出真正的心聲：捨佛門清修之法，更如可能得清靜舒泰之境？

「可憐」，可愛也。

十八、酬裴相公見寄二絕之二

一雙垂翅鶴，數首〈解嘲〉文。總是迂閑物，爭堪伴相君？

上首詩自吟自抒，一字未及於裴度，此詩則不同。

首句直寫居易身邊物：雙鶴。「垂翅」寫實，亦暗喻作者心境。

次句〈解嘲〉，本為揚雄之文篇名，此處借用、泛用，亦藉此抒其心情。數首對一雙，瀟灑。

鶴也文也，總不免迂闊（鶴實未必）悠閒之物，怎能伴朝廷宰相貴人呢？末二句在自抒之外，兼顧吟酬之對象裴度，但讀者心中自知：此亦不過半謙虛、半調笑的語言罷了。

裴公讀之，亦當撫掌一笑。

十九、寄李相公

漸老只謀歡，雖貧不要官。唯求造化力，試為駐春看。〔註85〕

此詩作於大和九年（835），居易六十四歲，在洛陽，任太子賓客分司。

李相公指李宗閔，他自元和八年十月起，宮中書侍郎，同平章事，故稱之為「相公」。

此詩雖寄李宗閔，全部是自抒心意。

首句破題：老而無欲無求，只求歡娛。二句繼之，稍作補充，貧，不要官。不要官而仍然任官，只好說是一種「習慣性的怠惰」使然。

〔註85〕同上，頁2208。

此時的白居易，任官態度和青年時大相逕庭，一味消極敷衍。

三句突破：人而求天；四句緊接：要求青春再現。五十、六十後的男女，每多此一心態，固非居易獨有。「試爲」二字含蓄且有力。

二十、雨中訪崔十八

肩舁仍挈榼，莫怪就君來。秋雨經三宿，無人勸一杯。〔註86〕

此詩作於大和三年（829），居易五十八歲，在洛陽，任太子賓客分司。

崔十八即崔玄亮，居易好友，集中贈詩不下二十餘首。

首句寫來訪的動作：坐在轎子（滑竿）裏，拿著酒器和酒。

二句用「莫怪」打頭，讀之反覺親切。「就」字比「訪」、「尋」等更自然自在。

三句追述過去三天的秋雨，淅瀝淅瀝，令人苦悶鬱煩。

四句補上一句：無人共飲。至此則此行的目的已不言而喻：爲了找崔十八相對痛飲，以消解近三日來的沉悶和不悅。

此詩自在灑落，而主客之間的情意不言可知。

思人、寄人、贈人、寫人之詩，五絕只此二十首，七絕則有一百多首，蓋七絕多八字，畢竟有更多迴旋的空間也。

捌、閨怨

一、閨怨詞三首之一

朝憎鶯百囀，夜妒燕雙棲。不慣經春別，唯知到曉啼。〔註87〕

此詩作於元和二年（807），居易三十六歲，在長安，爲翰林學士。下二首同此。

首句寫怨婦心態：憎黃鶯鳴囀不已，撩起她的閨怨之情。

次句繼之，夜妒燕子雙宿雙飛。

〔註86〕同上，頁 3840。
〔註87〕頁 1215。下二首同此。

三句回到怨婦自己身上，說明主題。

四句所寫，亦鴛亦己。

二、閨怨詞三首之二

　　珠箔籠寒月，紗窗背曉燈。夜來巾上淚，一半是春冰。

首句寫背景，次句繼之。「寒月」對上「珠箔」，人間冷暖自見；「紗窗」背對「曉燈」，一夜未眠可知。

三句承而轉。

四句合，「春冰」只一半，另一半留待良人歸來出示，或可嬌嗔一番。

三、閨怨詞三首之三

　　關山征戍遠，閨閣別離難。苦戰應顦頓，寒衣不要寬。

首句說良人在遠方。

次句說怨婦在閨中。

三句又說良人。

四句兼說良人與怨婦。說良人，是寒衣不能寬，說怨婦，是不願寬。

三首量雖不多，情却甚深濃。

中編　七言絕句之一

壹、人生及哲理

一、及第後憶舊山

> 偶獻〈子虛〉登上第，却吟〈招隱〉憶中林。
>
> 春蘿秋桂莫惆悵，縱有浮名不繫心。〔註1〕

此詩作於貞元十六年（800），居易二十九歲，在長安，是年二月試進士，以第四人及第，中榜諸人中最年輕。

〈子虛〉爲司馬相如的作品，因之而得漢武帝寵幸。〈招隱〉爲漢人淮南小山之作，爲傷屈原而作。在此各代表士子之仕與隱。「登上第」直述其經歷，「憶中林」抒寫心底的另一種嚮往。中國古代文人常在仕與隱之間徘徊，矛盾而並存。

三句一轉：人生之變化生長，猶如大自然春有蘿、秋有桂，不必爲之悵惘；世間縱有浮名，亦自可不必長繫於心。

此後二句似欲爲前二句作一調解。調解過程中，後者（招隱）似略佔上風矣。

〔註1〕同上，頁789。

二、詠懷

> 歲去年來塵土中，眼看變作白頭翁。
> 如何辦得歸山計，兩頃村田一畝宮？〔註2〕

此詩作於元和五年（810），居易三十九歲，在長安，任京兆戶曹參軍、翰林學士。

此詩距上一首恰好十年，居易的心情並無大變，却多了一份衰老之感。

首句沉痛：塵土中！歲月不似流水，簡直像塵土。

二句直抒，充分流露白居易多愁善感的本性。「眼看」二字，用在此處，格外親切。

三句是祈求：歸山計，歸山計，不知說了多少遍了，但「如何辦得」？其實只在一念之間，痛下決心即可。但是偏偏不是那麼容易。

四句補足：田地和房舍。可見像白居易這樣的官員們要隱居，往往先要開出苛刻的條件來，實在不夠瀟灑！

三、病氣

> 自知氣發每因情，情在何由氣得平？
> 若問病根深與淺，此身應與病齊生。〔註3〕

此詩約作於元和六年（811）至元和八年（813），居易在下邽。

四十歲了，病還不少，作此以自抒、自解。

首句因情發氣，次句重言之。未曾明說的是：氣發則生病，好在題目中已說著了。

三句一問，深入問題核心。四句自答，頗富人生哲理：身與病齊生。

從一般道理上說，人有五臟六腑，又要飲食勞累，生病是難免的，所以說有身便有病。

從哲學層面看，這和基督教所主倡的「原罪」，佛家所說的「業報」，其實出於一理；人有原罪，亦有「原病」！

〔註 2〕同上，頁 810。
〔註 3〕同上，頁 847。

四、劉家花

　　劉家牆上花還發，李十門前草又春。

　　處處傷心心始悟，多情不及少情人。〔註4〕

　　此詩作於元和十年（815），居易四十四歲，人在長安，任太子左贊善大夫。

　　首句直述，次句輔之。二景合一。

　　三句「處處傷心」實爲本詩核心。因景及情。花開花落，春草生而又枯，令人傷心。此以花草代表天下萬物。

　　四句乃主題所在：多情人徒自傷悲，時時刻刻。以致反不如「少情人」、無情人，他們無感少感，便不致以悲傷之情自戕了。

　　此一人生哲理，不多不少，也不希罕，但仍足供人省思。中庸之道可貴乎！

五、仇家酒

　　年年老去歡情少，處處春來感事深。

　　時到仇家非愛酒，醉時心勝醒時心。〔註5〕

　　此詩作於元和十年（815），居易四十四歲，人在長安，任太子左贊善大夫。

　　仇家酒，指長安之仇家酒肆。〈東南行一百韻寄通州元九侍御等〉云：「軟美仇家酒，幽閑葛氏姝。十千方得斗，二八正當壚。」

　　首句又歎老，次句則感春。春愁或更勝秋愁。

　　三句突破，是故意如此說。居易愛到仇家，或許是醉翁之意不在酒，在葛氏姝哩。

　　四句是全詩核心，一篇哲理之濃縮。人生既如夢，醉時更像夢境，而且可以超脫世俗煩惱，醒時則大大不然了。

〔註4〕同上，頁893。

〔註5〕同上，頁895，下一首同此。

六、恆寂師

舊遊分散人零落，如此傷心事幾條？
會逐禪師坐禪去，一時滅盡定中消。

此詩亦作於同一年。

白氏另有〈苦熱題恆師禪室〉詩，收在同卷（十五）。

首句寫友朋分散，次句說此事足以傷心，且恐怕名列傷心事之前
茅。

三句突破，且入題。

四句說成效：滅盡煩惱傷心事，修禪得定，定中消除萬惱。

此詩稍嫌直率。

七、讀莊子

去國辭家謫異方，中心自怪少憂傷。
為尋《莊子》知歸處，認得無何是本鄉。〔註6〕

此詩亦作於元和十年，居易四十四歲，在長安至江州途中。

此詩首二句似乎有故作灑脫之態。不過「自怪」二字，多少洗脫
了一些嫌疑。

三句大大突破：尋莊子（此二字可人可書）解惑，真是最好的抉
擇。

四句用「無何有之鄉」作解，作「歸處」，甚好，洽人心意。

世間萬物本是無，一貶何足傷心！

八、歲暮道情二首之一

壯日苦曾驚歲月，長年都不惜光陰。
為學空門平等法，先齊老少死生心。〔註7〕

此詩作於元和十年（815），居易四十四歲，仍在長安至江州途中。

首句回顧抒感，次句自省，重點各在「曾驚」、「不惜」。驚是直
抒，「不惜」或有自謙意。

〔註6〕同上，頁951。
〔註7〕同上，頁955，下一首同。

三句實寫居易學佛之意圖，四句悟出齊死生為學佛悟道之第一關。

死生齊，則萬物齊，萬物齊，則我心定。

九、歲暮道情二首之二

半故青衫半白頭，雪風吹面上江樓。
禪功自見無人覺，合是愁時亦不愁。

此詩似比上一首更進一境：上一首只是有所悟，這一首是已經身體力行而「得道」矣。

首句「故青衫」有味，「半白頭」恰好與之互相配襯。次句「雪風」與「江樓」亦互相輝映，我在其間，格外有意思。

三句有力：「禪功自見」，切。「無人覺」，實。

四句明說：該愁不愁。我已入禪境，世間之愁，能奈我何哉！

居易貶江州，未見其失，反見其得。此二首道情足為明證。

十、宿西林寺

木落天晴山翠開，愛山騎馬入山來。
心知不及柴桑令，一宿西林便却回。〔註8〕

此詩作於元和十一年（816），居易四十五歲，人在江州，任江州司馬。

柴桑令，指劉遺民。

首句七字寫景出色，「山翠開」三字尤佳好。次句見人：愛山人騎馬入山，與首句銜接得極緊密。二「山」雖重複而不嫌贅。

三句自謙之辭，却足夠令人信服；四句說明正宗的理由：劉遺民能久宿西林寺，白居易却一宿即回。這到底是生命境界的不同，還是忙閑的情況有異？如人飲水，冷暖自知也。

由此四句，已把廬山、西林之美，烘襯無遺矣。

〔註 8〕同上，頁979。

十一、競渡

競渡相傳為汨羅，不能止過意無他。

自經放逐來顦顇，能校靈均死幾多？〔註9〕

此詩作於元和十四年（819），居易四十八歲，在忠州（今屬四川省），任忠州刺史。

此為「和萬州楊使君四絕句」之一。

首句直寫，二句繼踵。「意無他」三字稍嫌湊數。

三句首抒：放逐、憔悴，本為連體嬰也。

四句突破：我之於靈均，異代異勢，但其遭朝廷放逐則一。因而反身自問；我與屈原相比，他能投江而死，我又如何？「校死幾多」，說法很別致。

人比人，氣死人。然如此與前賢相比，畢竟別有深意。

十二、洛陽春

洛陽陌上春長在，昔別今來二十年。

唯覓少年心不得，其餘萬事盡依然。〔註10〕

此詩作於大和四年（830），居易五十九歲，在洛陽，任太子賓客分司。

二句「昔」字一作「惜」，不妥。

首句開門見山，「長在」是句眼，二句繼之，交代年月經歷。

三句一轉：覓字是句眼，「心不得」補足之。「少年心」與「春長在」遙作對比。

四句萬事依然，亦是強烈對比。二比夾住「少年心不得」，劇力千鈞。

生命如流水，水中每有大小石頭，阻之復送之。流水依然，卻若有所失。

五十九歲，近一甲子矣，詩人如何能不興慨？

〔註 9〕同上，頁 1173。
〔註10〕同上，頁 1929。

十三、勸行樂

少年信美何曾久，春日雖遲不再中，

歡笑勝愁歌勝哭，請君莫道等頭空。〔註11〕

此詩作於大和三年（829）、大和四年（830）間，居易五十八、九歲，在洛陽，任太子賓客分司。

此詩詩題已把主旨全部展示，一目了然。

首句言青春難久，次句輔之，說春天不再回頭。此旨與上一首差同。

三句勸行樂，說得坦直，二言合一。四句由反面說，叮嚀不已。

白居易詩素稱「老嫗都解」，此詩亦寫得清清楚楚，卻只期盼「少年都解」，一片苦口婆心，他自己反變成老嫗了。

十四、老慵

豈是交親向我疏，老慵自愛閉閒居。

近來漸喜知聞斷，免惱嵇康索報書。〔註12〕

此詩約作於大和三年（829）至大和四年（830），在洛陽，任太子賓客分司。

首句撇清親友的責任，次句直述老慵之生活情態。

三句繼紹二句，「知聞斷」直扣「閉門居」，「漸喜」正對「自愛」，「近來」恰合「老慵」。

四句開拓詩意。其實嵇康慵而不老，但其心情可能與白居易近似。〈與山濤絕交書〉云：「素不便書，又不喜作書。而人間多事，堆案盈几。不相酬答，則犯教傷義。欲自勉強，則不能久。」居易此詩，可謂反用其典，連報山巨源一書亦可免矣。何等痛快！

十五、觀游魚

遶池閒步看魚遊，正值兒童弄釣舟。

一種愛魚心各異，我來施食爾垂鉤。〔註13〕

〔註11〕同上，頁1932。

〔註12〕同上，頁1933。

〔註13〕同上，頁1955，下一首同此。

此詩作於大和四年（830），居易五十九歲，居洛陽，任太子賓客分司。

此詩首句寫自己，次句記兒童，兩個主角先自確定。二人行為迥然不同。

三句順勢而下，寫出本詩主題，四句補足之：施食、垂釣，一起發生，却有如咫尺千涯。

「一種心意，導致的行為全異」，是居易所要表達的人生哲理。其實此處所謂的「愛」，毫釐千里，兒童是為私心私欲而「愛」，居易則是真正的愛魚。

十六、看採蓮

　　小桃閑上小蓮船，半採紅蓮半白蓮。
　　不似江南惡風浪，芙蓉池在臥床前。

此詩同上詩，作於大和四年。

前二句說同一事，先後兩個動作：上船、採蓮，一氣呵成。

小桃是居易的姬妾，但用在此處，格外有風致。桃為春花，蓮為夏秋之花，紅紅白白，相映成趣。

三句一轉，乍看似乎有些唐突。洛陽的水池，比起江南的水域，自然不同，但強調江南的惡風浪，仍令讀者為之一驚一詫。四句出，始知三句為對襯之句。臥牀前面，便是蓮池，坐觀臥賞，真是人生一大樂事。此所以用「看採蓮」為題目，「看」字尤不可缺。

人生諸事，每從比較來：桃對蓮，洛京比江南……

十七、秋池

　　洗浪清風透水霜，水邊閑坐一繩牀。
　　眼塵心垢見皆盡，不是秋池是道場。〔註14〕

此詩作於大和四年，同上二首。

題材亦與上首酷似，莫非此池即彼池？

〔註14〕同上，頁 1957。

首句三節：洗浪、清風、水霜，用一動詞「透」，把秋池之景抒寫得淋漓盡致。

次句平平穩穩，似可爲上一首詩作補充。

三句是主題所在，眼中塵俗、心中污垢，頓時一掃而空，此秋池風霜之奇效也。

四句著迹，但仍愜我心。人生若得悟境，處處都是道場，何止一秋池！

十八、和微之任校書郎日過三鄉

　　三鄉過日君年幾？今日君年五十餘。

　　不獨年催身亦變，校書郎變作尚書。〔註15〕

此詩寫作年同上。

三鄉指三鄉驛，在河南福昌縣西南三十四里，在洛陽附近。

按元稹小居易七歲（生於七七九年），此時亦已五十二矣。此年由校書郎轉任監察御史，「變尚書」之說不知何據，或爲誇張之辭。

首句應爲憶舊之辭，或爲二人共過三鄉驛之懷想。

三句是本詩主題，人生本多變，身變職亦變，與歲月大致相應。

查校謂「身」當作「官」，可備一說。

整體說來，此詩略嫌單薄。

十九、和微之十七與君別及朧月花枝之詠

　　別時十七今頭白，惱亂君心三十年。

　　垂老休吟花月句，恐君更結後身緣。

此詩亦作於大和四年。

元稹〈李著作園醉後寄李十〉云：「朦朧春月照花枝，花下音聲是管兒。卻笑西京李員外，五更騎馬趁朝時。」此詩意指李員外園中美景加佳人，足可好好享受，因此轉笑李君忙於上朝追逐功名富貴。

居易此首和詩乍看似不甚相干。

〔註15〕同上，頁 1960，下頁同此。

首句說二人十七歲便相別，至今三十餘年，友誼不變，「惱亂君心」是一種幽默、謙虛的說法。

垂老一句，可說與「朧月花枝」之什有關了，是反用典的作法。

四句「恐」字打頭，也頗爲俏皮。多吟花月句，則可能更添二人情誼，甚至再結後身（後生？）之緣。所以三句從反面立說。「休」字「恐」字，前後呼應，而二人之深篤友誼，宛然若見。

人生之緣分，不可說不可說；一定要說，就要學白居易這麼說著。

二十、疑夢二首

> 莫驚寵辱虛憂喜，莫計恩讎浪苦辛。
> 黃帝孔丘無處問，安知不是夢中身？〔註16〕

此詩作於大和四年（830），五十九歲，居易人在洛陽，任太子賓客分司。

首句箴戒也：寵辱不必驚，憂喜俱不必放在心上，超越情感和欲望。

次句要超越恩仇，亦不必在意生之辛苦。

三句一轉：古哲先賢俱已消逝，不得聞問了。

四句乃合：人生世間，安知非一夢。

既然是夢，前二句所列出之寵辱、憂喜、恩仇、苦辛，便都是「虛」，都不必追問。

四句迴環照應，若一圓圈。

二十一、疑夢二首之二

> 鹿疑鄭相終難辨，蝶化莊生詎可知？
> 假使如今不是夢，能長於夢幾多時？

此詩首二句連用二典。按《列子·周穆王》：鄭人途襲駭鹿，斃之，恐人見之，藏諸隍中，覆之以蕉葉，俄而忘其處，以爲是夢。不知居易何以說「鄭相」？但此典與〈莊子·逍遙遊〉莊子夢己身化爲

〔註16〕同上，頁1966，下一首同此。

蝴蝶、醒而自疑是周夢化蝶抑蝶夢化周一典合用，可謂天衣無縫。

　　人生若夢，古今已成定見。

　　三句一轉：假如人生不是夢，是否更比夢境悠長？

　　答案乃是：或是，或否，不必深究。但〈疑夢〉一詩之旨趣，於此已全然呈現無遺。

二十二、府西池

　　　柳無氣力枝先動，池有波紋冰盡開。

　　　今日不知誰計會，春風春水一時來。〔註17〕

　　此詩作於大和五年（831）居易六十歲，在洛陽，爲河南尹。

　　此詩可歸爲寫景詩，然對人生亦若有體悟，故姑入人生類。

　　首二句細寫府西池的光景，「無氣力」接「波先動」，甚妙；「有波紋」則爲「冰盡開」之果，可視作倒裝句。

　　三句頗有啓示：誰計會？上帝？造物？此句斡旋本詩之全局。四句順流而下，春風、春水：來。

　　世間一切，究竟是誰在計會？

二十三、除夜

　　　病眼少眠非守歲，老心多感又臨春。

　　　火銷燈盡天明後，便是平頭六十人。

　　此詩作於大和四年（830），居易五十九歲，在洛陽，任河南令。

　　首句直抒，次句繼之，既寫出節令，又交代了自己的身體狀況及心境。

　　三句先用「火銷燈盡」四字鋪述，再接「天明後」便有力道。

　　「平頭」，齊頭數，五十、六十、七十俱屬之。五十九歲除夕，驚訝、感慨自己行將六十－成一甲子老人矣！

　　居易五十歲時，亦有「青山舉眼三千里，白髮平頭五十人」之句。

〔註17〕同上，頁 1971，下一首同。

二十四、招客

日午微風且暮寒，春風冷峭雪乾殘。

碧氈帳下紅爐畔，試爲來嘗一盞春。〔註18〕

此詩作於大和六年（831），居易六十一歲，仍在洛陽，爲河南尹。爲「府酒五絕」之二。

首句七字三節，先說時間，再描寫當下感覺，並呈現整體的季節感受。

次句補充，二「風」嫌贅，雪爲增添意象。

三句轉寫室內，碧、紅對應，與窗外之白雪相襯托。四句說酒而只寫「一盞」。

此詩對人生之冷暖有象徵性的寫照。

二十五、辨味

甘露太甜非正味，醴泉雖潔不芳馨。

盃中此物何人別？柔旨之中有典刑。

此詩仍寫酒，但言外之意亦頗顯著。

首句說太甜，次句說不芳，均爲比較事物兼及人生。

三句切入正題：「何人別？」大哉此問！

四句將酒升格，作爲一種典範性人生的實例：柔中有剛。

二十六、感舊詩卷

夜深吟罷一長吁，老淚燈前濕白鬚。

二十年前舊詩卷，十人酬和九人無！〔註19〕

此詩作於大和七年（833），居易六十二歲，在洛陽，任太子賓客分司。

首句先佈局：時爲深夜，主要動作爲吟詩，次要動作爲長吁，其實主從之別，亦可易位。

二句加場景：「燈前」，又增老淚和白鬚，乃以一「濕」貫串之。

〔註18〕同上，頁 1989，下一首同此。

〔註19〕同上，頁 2113。

三句突破：所吟者非新詩，乃二十年前詩卷。

四句補足：其中所吟唱酬應之友人，十之八九已凋零矣。

詩在人亡，是人生一大感慨和遺憾。比一般的物在人亡更甚。

二十七、涼風歎

昨夜涼風又颯然，螢飄葉墜臥牀前。

逢秋莫歎須知分，已過潘安三十年。〔註20〕

此詩作於大和七年（833），居易六十二歲，在洛陽，太子賓客分司。

前二句點題，二句的螢飄、葉墜直接寫出涼風颯颯的效應，憑添風致。

三句是居易的一貫人生哲學知足守分，莫徒然怨歎或頹喪。

四句以潘安自喻，重點不在美貌，乃在感慨青春易逝，如今年雖長而心仍不死，應一切順其自然，知分知止。

二十八、浪淘沙詞六首之一

一泊沙來一泊去，一重浪滅一重生。

相攪相淘無歇日，會教山海一時平。〔註21〕

此詩約作於大和二年（828）至開成四年（839）間，居易在洛陽。《劉夢得集》卷二七有〈浪淘沙詞〉九首，白詩與劉詩寓意近似，或係和劉之作。

此詩首句寫浪起伏之狀，次句寫浪之生生又滅滅。

三句把一、二句揉合起來，相攪相淘，永無終止之時。以此象徵人間萬相，十分恰切。

四句更推進一步，乍看沙和浪不過攪攪淘淘，其實它們的力量著實驚人，有一天，它們會教高山與大海淘成一片。世界、宇宙之理，盡在其中矣。

〔註20〕同上，頁 2121。

〔註21〕同上，頁 2169。

二十九、浪淘沙詞六首之二

　　白浪茫茫與海連，平沙浩浩四無邊。
　　暮去朝來淘不住，遂令東海變桑田。〔註22〕

　　前二句的內容，其實與前首雷同，但寫法不同：先寫白浪，亮出「海」來，前首用「生」「滅」二動詞，此首用「茫茫」一狀詞，又用「連」字打開境域。

　　次句寫沙亦然，不用動詞，用狀詞「浩浩」，再添一狀詞「無邊」，氣勢格外不凡。

　　三句猶如前詩之三句，但聲勢收斂一半，足成四句之東海桑田。

　　此詩之變，似更順理成章，但創造性略遜於前一首詩。

三十、浪淘沙詞六首之三

　　青草湖中萬里程，黃梅雨裏一人行。
　　愁見灘頭夜泊處，風翻暗浪打船聲。

　　青草湖又名巴邱湖，在巴陵縣南七十九里，從前與洞庭湖並稱。

　　青草、黃梅對得工切。萬里、一人亦是的對。

　　三句切入湖與岸，四句有聲有形：暗浪與打船聲。「風翻」亦有力量。回顧「愁見」二字，再貫串四句，乃可得人生艱險之象徵意涵。

　　此詩殊有畫境。

三十一、浪淘沙詞六首之四

　　借問江湖與海水，何似君情與妾心？
　　相恨不如潮有信，相思始覺海非深。

　　此詩旨趣與前三首迥異。

　　雖然仍寫江潮、海水，其中自然有沙有浪，但首句以「借問」打頭，次句以「何似」接榫，讀者大致已了解作者的用心了。君情、妾心，其實一也。

　　三句用「相恨」起頭，正好呼應「何似」云云。

〔註22〕同上，頁2170，下四首亦同此。

海也好，江也好，其潮必有信，必有準期，相思之情，亦如浪、如潮，但比起江海來，竟是此深彼淺。

借海江寫相思，非白居易一人所爲，但此詩畢竟可以作爲此類作品的代表。

三十二、浪淘沙詞六首之五

海底飛塵終有日，山頭化石豈無時？
誰道小郎拋小婦，船頭一去沒迴期。

此詩又有所突破。

海底飛塵，喻海枯，山頭化石，喻石爛，首二句鋪敍得很別致。

三句轉入正題：小郎拋小婦。

「誰道」，意爲「誰料」。

四句又回到海：一船遠去，不再回來，不似海浪之湧起湧落。以此喻郎拋小婦，讀之令人心酸。

於此前二句反諷了後二句。

三十三、浪淘沙詞六首之六

隨波逐浪到天涯，遷客生還有幾家？
卻到帝鄉重富貴，請君莫忘〈浪淘沙〉。

首句用成語而不嫌熟爛，「到天涯」三字有神。

次句寫出主角（假擬泛設者）：「遷客」，生還有幾家，入情入理。

三句突然一轉：謂有些人生還到帝京，又得一番富貴，一時得意非凡。

四句再一轉，可視爲全詩之合：人在富貴處境中，仍不應忘却當年在江湖風波之中的情狀。故「浪淘沙」三字可當作篇名解，更宜視作人生困境苦憶的象喻。

此詩旨趣，亦另闢蹊徑。

三十四、讀《老子》

　　言者不知知者默，此語吾聞於老君。

　　若道老君是知者，緣何自著五千文？〔註23〕

　　此詩作於大和八年（824），居易六十三歲，人在洛陽，任太子賓客分司。

　　言者不知，蓋不知者反易自以為是；眞知者往往大智若愚，沉默不語。老子斯言，或不可與愚者庸者說，只能對有智慧的人說。

　　三句一百八十度大轉，「若道」二字頗有力道。

　　四句結，知者宜默，如何老子自著五千言的《道德經》？豈不是違背了自己的信念？

　　其實《老子》中的話，除了這一則，另外像「道可道，非常道。」等，亦和老子著書立言一事相悖。

　　也許我們可以曲為之解：老子（李耳）並未著述，《老子》之作者乃後代人（另一個老子，或李耳的仰慕者，繼紹者）。

三十五、讀《莊子》

　　莊生齊物同歸一，我道同中有不同。

　　遂性逍遙雖一致，鸞鳳終校勝蛇蟲。〔註24〕

　　此詩作於大和八年（834），居易六十三歲，在洛陽，任太子賓客分司。

　　此詩看來也在反駁莊子，挑戰莊子，但和上一首同而不同。

　　上一首是根本性地指陳老子的自相矛盾，這一首則試圖修正、補充莊子齊物之說。

　　同中之不同，若以鸞鳳、蛇蟲作比，乃是常識性的辨別，是屬於形而下的部分；而齊物、逍遙之主旨，則是形而上的精神，不宜混一而論。

〔註23〕同上，頁 2172。
〔註24〕同上，頁 2173。

三十六、少年問

少年怪我問如何，何事朝朝醉復歌？

號作樂天應不錯，憂愁時少樂時多。〔註25〕

此詩作於大和八年（834），居易六十三歲，仍任太子賓客分司。下一首同此。

首二句是假設之辭：次句展示問題的內容：居易晚年，的確醉歌自得，逍遙自在。少年不解達人意，故發出此問。

三句、四句乃居易的回答：三句淺說，既號樂天，自應通達快活。

四句更說得明白：樂時多，相對的憂愁時便少了。

此詩義旨雖淺，卻正好展示了樂天晚年的人生觀。當然，這一境界，並非人人所能實踐。

三十七、問少年

千首詩堆青玉案，十分酒寫白金盃。

迴首却問諸少年：作個狂夫得了無？

按：三句之「寫」應作「瀉」，《說文解字》段謂作「瀉」乃「寫」之俗字。

首句寫居易讀書人之本色，次句寫他愛酒的狂態。對仗得甚好。

三句扣題。

四句是「問」的具體內容。作個狂夫，意指詩酒風流，總括上二句。得了無－得了此生否？這樣的問題，你教少年們如何回答啊？仔細想去，此詩乃是繼紹前詩，再一度給少年們一個結結實實的回答－乃是似問實答。

三十八、戲答林園

豈獨西坊來往頻？偷閑處處作遊人。

衡門雖是棲遲地，不可終朝鎖老身。〔註26〕

此詩作於大和八年（834），居易六十三歲，太子賓客分司。

〔註25〕同上，頁2188，下一首同此。
〔註26〕同上，頁2191，下首同此。

此詩同上二首，以回答方式言志兼抒情。

前二句謂本人逍遙自得，遊西坊（指裴侍中集賢宅）之林園，乃其一耳。「偷閑」二字是句中眼。

三句一轉，用詩經「衡門棲遲」語，指自己的宅第。

四句是合，人已老了，但不宜自囿於門庭之內。

這是生活白描，也是人生寫照。

三十九、重戲贈

集賢池館從他盛，履道林亭勿自輕。
往往歸來嫌窄小，年年為主莫無情。

此詩亦作於大和八年，與上首同時。

裴度家的池園館宅固然寬廣而多姿，我的家宅亦有林有亭，不可妄自菲薄。此二句以人與己相比，可謂不亢不卑。

三句實說，與二句對擎。

四句又一轉：官小也許是事實（比上不足，比下或有餘），但既然年年居此，歲歲為主人，便不可對自己的庭園無情。妙的是此詩題目為「重戲贈」，乃是「代林園戲贈」之續篇，語氣上應該是林園在說話，是居易自己的林園在說話，讀來却不太像林園說的。但「莫無情」三字足可彌補此憾。

三十九、重戲答

小水低亭自可親，大池高館不關身。
林園莫妒裴家好，憎故憐新豈是人？〔註27〕

此詩亦作於大和八年。為「尋春題諸家園林」之續。

首句以「小水低亭」打頭，十分別致。相對而言，次句的「大池高館」對得雖切，反倒沒有那麼稀罕了。

首二句以「自可親」、「不關身」對峙，旨趣一目了然。

以主觀論，裴家之園，豈及我家之宅哉！

〔註27〕同上，頁2192。

　　三句續承上二句之意，「妬」字明朗。四句直譴喜新厭舊之人。
這是自抒，也可算居易的人生哲學。

四十、又題一絕

　　　貌隨年老欲何如？興遇春牽尚有餘。
　　　遙見人家花便入，不論貴賤與親疏。〔註28〕

　　此詩作於開成元年（836），居易六十五歲，在洛陽，任太子少傅
分司。

　　首句低調，歲月無情，人莫之爭。次句轉爲高調：春來引發興致，
不減當年。

　　三、四句是承二句，亦是一大突破。見人家園中有花，便罔顧貴
與賤、親與疏，一氣逕入，也不怕「私闖民宅」之嫌！

　　此寫居易型老人的生態，活龍活現。在「貌」、「興」之間，自有
一種辯証法式的邏輯。

四十一、又戲答絕句

　　　狂夫與我世相忘，故態些些亦不妨。
　　　縱酒放歌聊自樂，接輿爭解教人狂？〔註29〕

　　此詩作於開成二年（837），居易六十六歲，在洛陽，任太子少傅
分司。

　　此詩爲〈酬思黯戲贈〉之續篇，思黯，指牛僧孺。

　　詩題下有小注：來句云：「不是道公狂不得，恨公逢我不教狂。」

　　首二句正對牛僧孺上引二句，乾脆稱對方爲「狂夫」，而又以「世
相忘」應之。言外之意，二人俱狂。

　　二句續之，謂狂乃二人之故態。

　　三句寫狂之具體形象，四句說人各自狂，如接輿自狂，如何懂得
教別人狂？

　　妙語足以解頤。此中亦有至理。

〔註28〕同上，頁 2246。
〔註29〕同上，頁 2329。

四十二、心問身

心問身云何泰然，嚴冬暖被日高眠。

放君快活知恩否？不早朝來十一年。〔註30〕

此詩作於開成五年（840），為「自戲三絕句」之一。人在洛陽，任太子少傅分司。

心問身：君何其泰然。首句破題。

次句補足：泰然之內容：嚴冬、睡懶覺。

三句又逼進一步：朝廷容君逍遙快活，要知恩呀！

四句再補足：十一年來不用早朝。

這真是「人在福中已知福」。

四十三、身報心

心是身王身是宮，君今居在我宮中。

是君家合君須愛，何事論恩自說功？〔註31〕

與上詩同一時作。

此詩更增戲謔、玩笑之意味。

首句析述二「人」的關係：一為宮，一為王，二句說王居宮中，乃是進一步為二者定位。

三句逼求之：你是心，要愛身。

四句譴責之：論恩不得由你，說功亦不得從汝。

戲言自遣，亦詩人慣技也。

四十四、心重答身

因我疏慵休罷早，遣君安樂歲時多。

世間老苦人何限，不放君閒奈我何！

此詩已有「糾纏不休」之嫌。

首句仍居功：我慵懶故先做閒官半休。

次句續之：我休，汝乃安樂。

〔註30〕同上，頁 2437。

〔註31〕同上，頁 2428，下首同此。

三句推擴出去。並非所有老人都享受休閑的，苦人多於樂人！

四句再度居功，好像心對身是恩情百倍。

其實若不是朝廷允准，心又奈何呢！

有時詩貴無理而妙。此一例也。

四十五、池上寓興二絕之一

　　濠梁莊惠譚相爭，未必人情知物情。

　　獺捕魚來魚躍出，此非魚樂是魚驚。〔註32〕

此詩作於會昌元年（814），居易七十歲，在洛陽。何義門云：「最有味，但似偈耳。」居易晚年學佛有得，哲理詩每似偈。

首句指魚樂之辯。次句試加詮解。人未必知物，莊子未必知魚樂。

三句一轉，反說魚之苦：獺來捕魚時。

四句補說：非魚樂，是魚受驚嚇，是恐懼，是諸苦之一。

以此駁莊、惠，是由形而下面出發。

四十六、池上寓興二絕之二

　　水淺魚稀白鷺飢，勞心瞪目待魚時。

　　外容閑暇中心苦，似是而非誰得知？

此詩與前詩主題近似，但主角由魚變成了白鷺。白鷺是否以魚爲食，待考；可能樂天是把以魚爲食的鸕鷀和白鷺（鷺鷥）混爲一談了。

首二句謂魚稀鷺餓，徒然瞪視等魚。

三句進一步描述牠外表悠閑，心中淒苦之狀。

四句由此展示居易的另一人生哲理：人間萬物，常有似是而非之情態。表面和內在不同，甚至完全相反。

四十七、南侍御以石相贈助成水聲因以絕句謝之

　　泉石磷磷聲似琴，閑眠靜聽洗塵心。

　　莫輕兩片青苔石，一夜潺湲直萬金。〔註33〕

〔註32〕同上，頁2500，下一首同此。

〔註33〕同上，頁2504。

此詩作於會昌元年（841），居易七十歲，人在洛陽。任太子少傅分司。

南侍御指南卓。南卓《羯鼓錄》：「會昌元年，卓因為洛陽令，數陪劉賓客、白少傅宴遊。」

首二句寫倚石聽泉，泉聲若琴，因而閑眠靜聽，一洗塵俗之心。

三句直讚二石。

四句續上三句之意，「潺湲」即首句之「磷磷」。「直（值）萬金」自不免誇張，但珍惜之意可見。題目中之「助成水聲」，至此揭露無遺。

一二青苔石，可以助泉聲，增益人生之趣味。

四十八、客有說

近有人從海上迴，海山深處見樓台。

中有仙龕虛一室，多傳此待樂天來。〔註34〕

此詩作於會昌二年（842），居易七十一歲，在洛陽，致仕刑部尚書。

詩題下有小注：「客即李浙東也，所說不能具錄其事。」按李浙東即浙東觀察使李師稷。《太平廣記》卷四八引《逸史》：「唐會昌元年，李師稷中丞為浙東觀察使，有商客遭風飄蕩，不知所止。月餘，至一大山，瑞雪奇花，白鶴異樹，盡非人間所覩。」云云。

此詩前二句即具述此一故事之梗概。

三句補足之，四句乃樂天由故事後半：「客問之，答曰『此是白樂天院，樂天在中國未來耳。』」揣摩而出者。

人生之詭祕由此可見一斑。

四十九、答客說

吾學空門非學仙，恐君此說是虛傳。

海山不是我歸處，歸即應歸兜率天。〔註35〕

詩末有自注：「予晚年結彌勒上生業，故云。」

此詩旨趣一目了然。

〔註34〕同上，頁2838。
〔註35〕同上，頁2540～2541。

　　首二句謂作者晚年學佛，不是學道教之仙術，故李師稷所說故事，恐怕不可信，二句全從上一首來。

　　三句明說重說。

　　四句說出正面的答案：兜率天，佛經所說欲界六天之第四。兜率，梵語，義爲知足、喜足、妙足、上足等。

　　在此，兜率天猶如西方極樂世界。

五十、歡喜二偈之一

　　　得老加年誠可喜，常春對酒亦宜歡。
　　　心中別有歡喜事，開得龍門八節灘。〔註36〕

　　此詩約作於會昌四年（844）至會昌五年（845），人在洛陽，刑部尚書致仕。

　　此詩首二句乃引子：得年、對酒，常春即年老而不衰。二歡相加，已甚難能可貴。

　　三句拓展詩旨，四句續之，眞相大白。

　　龍門八節石灘，在洛陽龍門山下。開得，謂開鑿。

　　居易久居洛陽，對此灘甚爲關注。同卷頁2550有〈開龍門八節石灘詩二首〉，前有小序云：「東都龍門潭之南有八節灘、九峭石，船筏過此，例反破傷。舟人檝師推挽束縛，大寒之月，躶跣水中，飢凍有聲，聞於終夜。予嘗有願，力及則救之。會昌四年，有悲智僧道過，適同發心，經營開鑿，貧者出力，仁者施財。於戲！從古有礙之險，未來無窮之苦，忽乎一旦盡除之，茲吾所用適願快心，拔苦施樂者耳！豈獨以功德福報爲意哉？」

五十一、歡喜二偈之二

　　　眼暗頭旋耳重聽，唯餘心口尚醒醒。
　　　今朝歡喜緣何事？禮徹《佛名》百部經。

　　前二句描述七十餘歲居易的身體狀況：耳目俱衰，口欲、心思尚

〔註36〕同上，頁2568。下一首同此。

佳。用「醒醒」叠字妙。

三句一轉，似輕若重。

四句入正題：禮佛、誦佛。

「佛名」姑用書名號，乃據朱金城箋校一書。

人生五十一首，在在顯示居易之達觀樂天胸懷：晚年雖稍低調，仍有慈悲博愛之心，學佛則示其歸依。偶爾對人生發出無可奈何之感慨，或對人間「似是而非」之現象略作展現。

貳、生活

一、村居二首之一

田園莽蒼經春早，籬落蕭條盡日風。

若問經過談笑者，不遇田舍白頭翁。〔註37〕

此詩作於元和九年（814），居易四十三歲，丁憂居下邽。

前二句寫村居生涯之實況，前四字對仗得忒密。「經春早」、「盡日風」，似對非對，反增風致。

三句一轉，實亦承也。

四句揭示答案：田舍白頭翁，正可增益田園之莽蒼，輔佐蕭條之籬落。

全詩寫實，不可增減一字。

二、強酒

若不坐禪銷妄想，即須行醉放狂歌，

不然秋月春風夜，爭那閒思往事何？〔註38〕

此詩作於元和十年（815），居易四十四歲，在長安至江州途中。

四十四歲正當大好年華的白居易，因在貶謫途中，心境低落，此詩作了充分的反映。

首句坐禪，次句醉歌，三四句在美景中回憶往事。

〔註37〕同上，頁862。

〔註38〕同上，頁957。

往事不堪回想，所以最好在坐禪銷妄想與行醉放狂歌之間選擇一個以自遣。

這是生活實照，也反映了居易的局部人生觀。

三、秋熱

西江風候接南威，暑氣常多秋氣微。

猶道江州最涼冷，至今九月著生衣。〔註39〕

此詩作於元和十一年（816），居易四十五歲，在江州，任司馬。

此詩全寫江州風物天候。

西江，即指長江，江州即今江西北部，鄱陽湖附近，此為江南一隅，天氣在九月仍感炎熱，俗稱「秋老虎」。

此詩首句總說，次句補充。

三句說長江一帶較涼爽，但是四句立即一轉：九月人們還穿著夏衣。

此詩結構，為一、二、四句對三句，三句反襯也。

四、聞龜兒詠詩

憐渠已解詠詩章，搖膝支頤學二郎。

莫學二郎吟太苦，才年四十鬢如霜。〔註40〕

此詩作於元和十三年，（818），居易四十七歲，在江州，任司馬。

龜兒，白行簡之子。〈弄龜羅〉（卷七）云：「有姪始六歲，字之為阿龜。」二郎，即白行簡。

首句破題，「憐」者愛也，可見伯姪之親。

二句描寫實景，後三字明說子之效父，前四字甚為生動。

三句叮嚀。

四句說出行簡當時情狀，微帶揶揄之意。

此詩在生活寫真中見親情。

〔註39〕同上，頁 1001。

〔註40〕同上，頁 1081。

五、對酒

〈未濟〉卦中休卜命，〈參同契〉裏莫勞心。

無如飲此銷愁物，一餉愁消直萬金。〔註41〕

此詩作於元和十三年（818），居易四十七歲，在江州，任司馬。

《參同契》，魏伯陽作，書中多言坎離水火龍虎鉛汞之要，為後世言爐火者之祖。另一同名書為石頭希遷和尚作，是發明禪理者。此處或應指後者。

首二句可視作互文：卜命無用，未濟、既濟，皆命中注定；禪理亦不免勞心。

三句引出主題，四句續之：飲酒銷愁，可值萬金。

此理易解，代表居易晚年的生活態度。

六、病起

病不出門無限時，今朝強出與誰期？

經年不上江樓醉，勞動春風颭酒旗。〔註42〕

此詩作於元和十三年（818），居易四十七歲，在江州，任司馬。

一二句謂病後初出。首句「無限時」不免誇張，亦可視作一種「度日如年」的誇張。

三、四句語意稍嫌曖昧：三句清楚，四句可作二解：一為江樓酒肆之酒旗徒然搖颭；一為江樓酒旗搖颭，引我重入酒肆。

吾寧取後解。

病後出外散步，偶入酒樓一醉，亦人生一樂也。

七、衰病

老辭遊冶尋花伴，病別荒狂舊酒徒。

更恐五年三歲後，些些談笑亦應無？〔註43〕

此詩作於元和十二年（817），居易四十六歲，在江州司馬任上。

〔註41〕同上，頁1082。
〔註42〕同上，頁1083。
〔註43〕同上，頁1090。

　　首二句謂老病不能冶遊、飲酒，伴也酒徒也，可說作別人，也可說成自己。

　　後二句是展望將來：三年五年後，相與談笑的友伴恐亦不保了。

　　這時居易才四十六歲（實足四十五），已經如此悲觀，對自己生活充滿了空虛惶恐之感。

　　末句用「些些」，用反問句，充分流露居易心中的無奈之感。

八、醉吟二首之一

　　　空王百法學未得，姹女丹砂燒即飛。

　　　事事無成身老也，醉鄉不去欲何歸？〔註44〕

　　此詩作於元和十三年（818），居易四十七歲，在江州，任江州司馬。下一首同此。

　　首二句一說佛，一說道教，二者皆未學成。

　　三句總結上二句句意，外加一「老」字。

　　四句托出「醉」字，又用反問句。

　　這叫以二烘一法。

九、醉吟二首之二

　　　兩鬢千莖新似雪，十分一盞欲如泥。

　　　酒狂又引詩魔發，日午悲吟到日西。

　　首句言老，用尋常意象。

　　次句言酒，却以「欲如泥」為主調，令人出乎意表。「十分」二字亦清新。

　　詩魔（後人乃以此稱居易）接著酒狂，四句再繼之，一吟三個時辰。但「悲」字在此恐不免誇張。

十、別草堂三絕句

　　　正聽山鳥向陽眠，黃紙除書落枕前。

　　　為感君恩須暫起，爐峯不擬住多年。〔註45〕

〔註44〕同上，頁1106。下一首同此。
〔註45〕同上，頁1132。

此詩作於元和十四年（819），居易四十八歲，任江州司馬。下二首同此。

此詩乃應召升遷之作。

首句寫背景，次句寫實事。

三句承上，謂君恩不可違。「暫起」為雙關語。

「爐峯」謂廬山之香爐峯，以代江州。春日奉詔返忠州刺史任，不能久居江州矣。

題曰「別草堂」，旨趣一目了然。

十一、別草堂三絕句之二

　　久眠褐被為居士，忽挂緋袍作使君。

　　身出草堂心不出，廬山未要動〈移文〉。〔註46〕

首句謂居此江州三年有餘（八一五冬始），衣褐眠褐，雖有微官在身，已形同居士。

次句實說將任忠州刺史。「褐被」、「緋袍」對應得好。

三句透露本心，喻戀戀不捨之意。

四句借南齊孔稚珪〈北山移文〉意：鍾山周彥倫久隱山中，後應詔出，為海鹽令，欲過此山，孔生乃借山靈之意，移之使不許再至。居易用此，乃反用典，謂不勞孔生移文，吾當去而復返。草堂之名，明係因襲老杜。

十二、別草堂三絕句之三

　　三間茅舍向山開，一帶山泉遶舍迴。

　　山色泉聲莫惆悵，三年官滿却歸來。

此詩主旨全同二首。首句描寫他的草堂，可以想見其規模略勝老杜之草堂。

次句再補足，其狀勢同於老杜草堂。

三句一轉：安忍山與泉（隱射江州友人），四句作一復返之承諾。

〔註46〕同上，頁1133，下一首同此。

因爲地方官三年一任。

　　三首絕句第一首說將離去，二、三首暗示、明示將會去而復返。

十三、種荔枝

　　　紅顆珍珠誠可愛，白髮太守亦何癡。
　　　十年結子知誰在？自向庭前種荔枝。〔註47〕

　　此詩作於元和十四年（819），居易四十八歲，在忠州刺史任上。

　　首句描寫荔枝，用「紅顆珍珠」四字，雖俗亦雅。

　　次句平說，對仗妥貼。

　　三句一轉，展望將來。

　　四句返回主題。

　　此種迴旋法，居易詩中並不常見。

十四、東樓醉

　　　天涯深峽無人地，歲暮窮陰欲夜天。
　　　不向東樓時一醉，如何擬過二三年。〔註48〕

　　此詩作於元和十四年（819），居易四十八歲，在忠州，任忠州刺史。

　　前句寫背景，次句寫季候。一時一地。

　　三、四句連用反問句，強烈暗示他對環境（忠州，今四川省忠縣，當時比較偏僻落後）的不滿。

　　以醉解憂，古人常技，詩人尤然。

　　初來乍到，此情不難了解。

十五、東樓招客夜飲

　　　莫辭數數醉東樓，除醉無因破得愁。
　　　唯有綠樽紅燭下，暫時不似在忠州。〔註49〕

　　此詩作於元和十四年（819），居易四十八歲，在忠州刺史任上。

〔註47〕同上，頁 1177。
〔註48〕同上，頁 1180。
〔註49〕同上，頁 1181。

首二句又說酒能消愁，但動詞改用了「破」，想是因平仄之故，但亦有新鮮之感。首句「數數」亦輕柔。

三句用綠紅意象恰切而出色。

四句合。全詩再度以飲酒襯托忠州生涯之寂寥、落寞及艱苦。

十六、醉後戲題

自知清冷似冬凌，每被人呼作律僧。

今夜酒醺羅綺煖，被君融盡玉壺冰。〔註50〕

此詩作於元和十四年（819），居易在忠州刺史任上。

此詩表面上是和酒對話，但酒未及回答。

首句自抒清冷，有淒寂之意。次句繼之，以僧貌僧心自喻。

三句實寫，「暖」與首句之「清冷」、「冬凌」對峙。四句緊接，被君（酒）之暖意，溶盡我心中之冰。王昌齡「一片冰心在玉壺」，此處借用，但重點不在高潔，乃在清冷。融盡，然後渾身皆暖。

十七、三月三日

暮春風景初三日，流世光陰半百年。

欲作閑遊無好伴，半江惆悵却迴船。〔註51〕

此詩作於元和十五年（820），居易四十九歲，在忠州，任刺史。下一首同此。

首句明示季節及日期，次句說自己年齡，多說一歲在詩中自無妨。

忠州刺史一職，食之無味，棄之可惜，故欲閑遊，奈無良伴，此亦不難想像之景況。

四句乃「無好伴」之果：「半江惆悵」警人，「迴船」一動作亦緊切。

忠州生涯，盡在此矣。

十八、寒食夜

四十九年身老日，一百五夜月明天。

抱膝思量何事在，癡男騃女喚鞦韆。

〔註50〕同上，頁1182。

〔註51〕同上，頁1198，下一首同此。

首句仍說自己年齡，這次說得更準確。次句說時序：一百五夜即寒食夜，由年初計算起。

三句形象生動：「抱膝思量」。

四句謂週邊景象：男癡女呆，在鞦韆前後玩耍呼叫。

這是一幅別致的行樂圖，但卻仍然暗寓寂寞蕭條的況味。

十九、荔枝樓對酒

　　荔枝新熟雞冠色，燒酒初開琥珀香。

　　欲摘一枝傾一盞，西樓無客共誰嘗？〔註52〕

此詩創作時間同上二首。

首二句描寫荔枝（四川省特產）、燒酒（茅台酒）的形色香，用雞冠、琥珀二喻依甚為生動眞切。

三句本為實寫，而用一「欲」字，便成半虛擬了。

荔枝樓乃居易所建，又名西樓。有美好之高樓而無佳客，有美好之荔枝與燒酒，亦復徒然！

一種落寞之感，貫穿全詩。

色即是空，香亦是無。

二十、醉後贈人

　　香毬趁拍迴環匝，花盞拋巡取次飛。

　　自入春來未同醉，那能夜去獨先歸？〔註53〕

此詩亦作於元和十五年。

首句寫拍毬，次句寫拋盞，寫得生發。

三句說時序背景：孤獨寂寞之態再現。

四句一轉，今夕共醉難得，那能獨自先歸？以三句烘托四句，殊為有力。

〔註52〕同上，頁1200。
〔註53〕同上，頁1202。

二十一、別種東坡花樹兩絕之一

二年留滯在江城，草樹禽魚盡有情。

何處殷勤重迴首，東坡桃李種新成。〔註54〕

此詩亦作於八二〇年，居易在忠州任刺史。

此詩口氣已不同於前數首，值得注意。

首句寫時序，次句說「有情」：江城之動植物，已與樂天合一矣，前時之落寞之感，似已一掃而空。

三句以「迴首」應「殷勤」，恰為四句預留空間。

四句直接點題：桃李上應二句之「草樹」。

三句之「殷勤」紹承二句之「有情」。

此詩表現了一團歡喜。

二十二、別種東坡花樹兩絕之二

花林好住莫顛頷，春至但知依舊春。

樓上明年新太守，不妨還是愛花人。

首句平實而欣喜之氣已揚。次句連用二「春」，再添「依舊」，再增「但知」，勁道十足。

州官三年一任，三句故言明年，或亦暗露自己急於求去之心意。

四句一合，令讀者心為之一舒。

二十三、醉後

酒後高歌且放狂，門前閑事莫思量。

猶嫌小戶常先醒，不得多時住醉鄉。〔註55〕

此詩作於長慶元年（821），居易五十歲，在長安，任主客郎中、知制誥。

又過了一年，回到京都，仍常在醉鄉中。

高歌放狂，不思閑事，這是居易晚年的主要情態，恐怕不限於酒後吧。

〔註54〕同上，頁1205。下一首用此。

〔註55〕同上，頁1237。

三句用「小戶」新鮮：小門小戶居，醉後易醒。然乎？不然乎？

四句拓寬：原來居易相信世間眞有一醉鄉！按初唐王績有〈醉鄉記〉一文，居易〈不能忘情吟〉中亦有「我與爾歸醉鄉去來。」一語。

二十四、送李校書趁寒食歸義興山居

大見騰騰詩酒客，不憂生計似君稀。

到舍將何作寒食？滿船唯載樹栽歸。〔註56〕

此詩作於長慶三年（823），居易五十二歲，在杭州，任杭州刺史。

義興，常州義興縣，今江蘇省宜興縣。

首句「大見」罕見，當爲常見義。此爲二句設局。

次句爲本詩主旨：君不以生計爲憂。此又有二義：家計寬裕，超然物外。重點應在後者。

三句一轉一頓，亦切題意。

四句一合，滿船樹栽，回鄉過寒食，眞逍遙之眞人也！令人羨煞。

二十五、獨行

闇誦《黃庭經》在口，閒攜青竹杖隨身。

晚花新筍堪爲伴，獨入林行不要人。〔註57〕

此詩作於長慶三年（823），居易五十二歲，任杭州刺史。

居易學佛，偶及道家道教，故首句用拗口句（232）作勢。

次句繼之，句法依舊，但青竹杖較爲輕快。

三句一轉，由身內身邊轉向身外之物：晚花、新筍乃當句對。四句「獨入」，「不要人」，謂不要人伴，不要人扶。老夫子猶如逍遙仙。

此詩前後配襯佳妙。

二十六、木芙蓉花下招客飲

晚涼思飲兩三杯，召得江頭酒客來。

莫怕秋無伴醉物，水蓮花盡木蓮開。〔註58〕

〔註56〕同上，頁 1357。

〔註57〕同上，頁 1359。

〔註58〕同上，頁 1374。

此詩亦作於長慶三年。

首二句由思飲而召客，一目了然。「晚涼」、「江頭」憑添光色。

三句一轉，伴醉物何等重要！

四句用二蓮：水蓮、木蓮，一「盡」一「開」，頓覺十分熱鬧，秋思秋意或減。

二十七、竹樓宿

　　小書樓下千竿竹，深火爐前一盞燈。

　　此處與誰相伴宿？燒丹道士坐禪僧。〔註59〕

此詩作於長慶四年（824），居易五十三歲，仍任杭州刺史。

首句點題，七字二義。次句添彩：爐與燈。

二句布局既定，乃發三句之問。

四句說出直截的答案：道士燒丹，似應二句之「爐」，和尚坐禪，遙合二句之「燈」。

至此，首句烘襯之功乃顯。

二十八、臥疾

　　閑官臥疾絕經過，居處蕭條近洛河。

　　水北水南秋月夜，管絃聲少杵聲多。〔註60〕

此詩作於長慶四年（824），居易五十三歲，在洛陽，任太子左庶子分司。

此詩寫病中苦況。

首句直言有病絕交，次句補述居處之蕭條，然既近洛水，亦不可謂甚蕭條矣。

三句用二水字，一南一北共「度」秋夜。

四句點出龍睛：樂聲不多杵聲多。以此增添索寞之氣氛。

〔註59〕同上，頁 1392。
〔註60〕同上，頁 1580。

二十九、寫新詩寄微之偶題卷後

　　　　寫了吟看滿卷愁，淺紅牋紙小銀鉤。

　　　　未容寄與微之去，已被人傳到越州。〔註61〕

　　此詩作於寶曆二年（826），居易五十五歲，在蘇州，任蘇州刺史。

　　首句用三動詞：「寫」、「吟」、「看」，又加一狀詞「愁」，因而十分緊密。

　　次句以「淺紅牋紙」冠「小銀鉤」，遂較舒鬆，銀與紅對恰好。

　　三、四句寫實，却正顯示居易聲名之盛及白、元交誼之深。時元稹在浙江任官（越州刺史，在今紹興市。）

三十、閑出

　　　　兀兀出門何處去？新昌街晚樹陰斜。

　　　　馬蹄知意緣行熟，不向楊家即庾家。〔註62〕

　　此詩作於大和元年（827），居易五十六歲，在長安，任秘書監。

　　楊家，指楊汝士及楊虞卿家，在長安朱雀門街東第五街靖恭坊。庾家，指庾敬休宅。在長安朱雀門街東第三街昭國坊。

　　兀兀，飄蕩貌，猶言隨意逛遊。

　　首句隨意自問，次句補寫背景。「樹陰斜」與「兀兀」遙應。

　　三句一轉：「何處去」可問坐騎，甚至問馬蹄，因爲它行熟成習。

　　四句鋪敍答案：二楊一庾。

　　此詩純爲生活寫實，但因加入「馬蹄知意」而略添詩意。

三十一、對酒五首之一

　　　　巧拙賢愚相是非，何如一醉盡忘機？

　　　　君知天地中寬窄，鵰鶚鸞凰各自飛。〔註63〕

　　此詩與下四首俱作於大和三年（829），居易五十八歲，居長安，官刑部侍郎。

〔註61〕同上，頁1694。

〔註62〕同上，頁1722。

〔註63〕同上，頁1841，下四首同此。

人間的巧拙賢愚是非，糾纏不清，首句在是非之前加一「相」字，更添活趣。

次句一掃而空：付諸一醉。

三句正式展示哲理：天地不論寬窄，眾鳥不論貴賤，「各自飛」乃正理。此第二義之逍遙遊也。

三十二、對酒五首之二

> 蝸牛角上爭何事？石火光中寄此身。
> 隨富隨貧且歡樂，不開口笑是癡人。

人生在世，迥非巨人，只是蝸牛角上討生活。然則所爭何事？何必爭？何可爭？

次句又逼進一步：石火光之一閃，或即吾人之一身。

三句直切題旨：貧富乃天定，不可強求，孔子早說明此意。然歡樂可以自覓。

四句補充「且歡樂」，簡而又簡－「開口笑」。

老嫗都解，都為之開口一笑。

三十三、對酒之三

> 丹砂見火去無迹，白髮訛人來不休。
> 賴有酒仙相煖熱，松喬醉即到前頭。

首句謂丹砂之術不可信，次句謂老態逼人不可禦。

三句一轉，酒可煖身醒神。

松喬仙人也，亦賴一醉而前，吾之醉酒，則彷彿松喬矣。

起承轉合，十分清晰。

三十四、對酒之四

> 百歲無多時壯健，一春能幾日晴明？
> 相逢且莫推辭醉，聽唱〈陽關〉第四聲。

首句直述，人或可活百歲，但壯健之日無多，次句乃喻依。

三句述酒，且勸酒。

四句下有自注：「第四聲：『勸君更盡一盃酒，西出陽關無故人。』」
重心在「勸君」一句。蓋「陽關三疊」，指唱此〈陽關曲〉時首句不
疊，後三句皆疊唱，故第四句乃「勸君更盡一盃酒」。

嚴格說來，此詩三、四句完全重複，但用〈陽關〉一典，乃不落
痕跡耳。

三十五、對酒之五

　　昨日低眉問疾來，今朝收淚弔人迴。
　　眼前流例君看取，且遣琵琶送一杯。

此詩首二句雖然對仗，却是標準的「流水對」，前後兩句若有因
果關係。「低眉」、「收淚」，切旨而好。

三句謂生死爲人生常例。

四句又扣住「對酒」的主旨，只是增加了音樂—琵琶—助興。

三十六、不出

　　簷前新葉覆殘花，席上餘盃對早茶。
　　好是老身銷日處，誰能騎馬傍人家？〔註64〕

此詩作於大和六年（832），居易六十一歲，居洛陽，任河南尹。

首二句寫當時的家居生活：新葉殘花，餘盃早茶。樸素而忒有風味。

三句承上，以「銷日」統括前十四字。

四句一轉，却是似轉而合：騎馬傍人家，扣一「出」，「誰能」扣
「不」。

令人驚詫的是：作爲河南尹，名滿天下的大詩人，又如何能徹底
地不出門？

三十七、送客

　　病上籃輿相送來，衰容秋思兩悠哉。
　　涼風颭颭吹槐子，却請行人勸一杯。〔註65〕

〔註64〕同上，頁1848。
〔註65〕同上，頁1858。

此詩亦作於大和六年，距前詩之作不遠。

有趣的是：不出（門）之後，繼之以送客，足可見出，不出門並非與人絕交；有人上門，大約也不會拒之不納。

首二句謂自己有病仍上轎送客，時當秋天，又是一臉衰容，但依然從容而悠閒。

三句一轉，寫週邊風景，四句一合，請遠行人再喝上一杯。

如此送客，亦可謂雅矣。

三十八、早出晚歸

　　早起或因攜酒出，晚歸多是看花迴。
　　若拋風景長閒坐，自問東京作底來？〔註66〕

此詩作於大和四年（830），居易五十九歲，在洛陽，任太子賓客分司。

首二句爲互文，喝酒看花，銷磨一日。

三句一轉：假設只在家中閒坐。

四句妙結：如此，在洛陽何爲哉！

此詩與前首「不出」恰呈一強烈對比，詩人心情轉變之速，由此可見一般。

三十九、晚出尋人不遇

　　藍輿不乘乘晚涼，相尋不遇亦無妨。
　　輕衣穩馬槐陰下，自要閒行一兩坊。〔註67〕

此詩作於大和四年（830），居易五十九歲，在洛陽，任太子賓客分司。

首句謂不坐轎子，自己騎馬出行。（三句告知）。次句謂興至而出，興盡而返。

三句細說出行形狀。

四句說清出行經過。

〔註66〕同上，頁1930。
〔註67〕同上，頁1946。

「輕衣穩馬」、「閑行」，乃至「槐陰」、「自要」，都增益了悠閑的情調。

四十、觀游魚

遶池閑步看魚游，正值兒童弄釣舟。

一種愛魚心各異，我來施食爾垂釣。〔註68〕

此詩已見於「人生與哲理」一節，此處再出，乃欲強調中年白居易（時年五十九歲）之悠閑生涯。

首句三個半動詞：遶池、閑步、看、游－游為半個。密集而悠然。二句為正文，與首句並峙。

施食、釣魚、看魚，說是兩事亦可，說是三事亦未嘗不可。

要了解樂天的生涯，此詩可為代表作之一。施食一點若加推展，其愛人之心可見。

四十一、府酒五絕之一：變法

自慚到府來週歲，惠愛威稜一事無。

唯是改張官酒法，漸從濁水作醍醐。〔註69〕

此五詩作於大和六年（832），居易六十一歲，在洛陽，初作河南尹一年。

首二句乃自謙之辭，恩威並施，乃良好地方官的基本條件，居易却說自己一無所有。此二句的目的，乃在烘托下二句所述者。

三、四句謂他在河南尹任上，改張官酒法令，使濁水化為美酒。這是資源利用，也暗契居易之嗜好。

四十二、府酒五絕之二：招客

日午微風且暮寒，春風冷峭雪乾殘。

碧氈帳下紅爐畔，試為來嘗一盞看。

首句寫天候，七字傳神。次句又補之，補得恰切。二「風」重複只是小疵。

〔註68〕同上，頁1955。

〔註69〕同上，頁1989，下三首同。

三句「碧」、「紅」對應，別有風味。

四句拋出主題。

前三句皆爲造勢之文，以玉成四句。

四十三、府酒五絕之三：辨味

> 甘露太甜非正味，醴泉雖潔不芳馨。
> 盃中此物何人別？柔旨之中有典刑。

甘露、醴泉是酒名，但本身便有意象感。

首句、次句故意小貶二酒，乃爲下文造勢。

三句一轉，實爲詩中核心，四句又足成之。

柔中有剛，乃第一等美酒。

四十四、府酒五絕之四：自勸

> 憶昔羈貧應舉年，脫衣典酒曲江邊。
> 十千一斗猶賒飲，何況官供不著錢。

首二句憶往，寫出作者浪漫落拓的一面：脫衣典酒，何等豪舉！何況在長安城的曲江邊！

三句「十千一斗」分明是夸飾，猶如李白的白髮三千丈（稍好）。四句一大轉：謂昔典衣（當時脫卸，不顧身之寒涼），尙且痛飲，今有官供之酒，不須費一文餞，如何不加倍暢飲！

題爲「自勸」，我看勸字亦是多餘。改勸爲飲可也。

四十五、府酒五絕之五：諭妓

> 燭淚夜黏桃葉袖，酒痕春污石榴裙。
> 莫辭辛苦供歡宴，老後思量悔煞君。〔註70〕

按桃葉本爲居易姬人陳結之，但結之在大和六年已離去多年，此桃葉應爲另一府妓。妓、姬本不同。

前二句實爲同一義：燭淚、酒痕，交互爲因。石榴裙與衣袖，同屬桃葉，「夜」、「春」分列二句，足見其爲互文也。

〔註70〕同上，頁 1990。

三句殷勤勸酒，四句更加一把勁。

官勸妓酒，非風流人不能爲。

四十六、履道居三首之一

莫嫌地窄林亭小，莫厭貧家活計微。

大有高門鎖寬宅，主人到老不曾歸。〔註71〕

此詩作於大和六年（832），居易六十一歲，在洛陽，任河南尹。

首句寫履道居之大概情況，加一動詞「莫嫌」。

次句繼之，以貧家爲核心。

三句一轉：謂常見高門寬宅，密封緊鎖，棄置不用者，主人別有「高就」也。四句足成之。

以後二烘托前二，貧微之居，地雖窄狹，猶有小小林亭，則主人知足矣。

四十七、履道居三首之二

東里素帷猶未徹，南鄰丹旐又新懸。

衡門蝸舍自慚愧，收得身來已五年。

按履道坊在洛陽長夏門之東第四街。《舊唐書》一六六〈白居易傳〉：「居易罷杭州，歸雒陽，於履道里得故散騎常侍楊憑池館，有林泉之致。」由此可見，前首所述，乃自謙自嘲之辭。

首二句乃指二鄰亡故。〈聞樂感鄰〉（卷二六）原注云：「東鄰王大理去多云亡，南鄰崔尚書今秋薨逝。」

二句中「素帷」、「丹旐」信手拈來，自然成對。居易七絕，首二句常成對仗，此亦一例。

三句又謙說己之履道居乃「衡門」乃「蝸居」。「慚愧」應上二句。

四句明說卜居此處已五年。「收得身來」遙應首句「猶未徹」，好。

〔註71〕同上，頁 1992～1993，下二首同此。

四十八、履道居三首之三

> 世事平分眾所知，何嘗苦樂不相隨。
>
> 唯餘耽酒狂歌客，只有樂時無苦時。

此詩雖列在「履道居」三首中，其實可獨立，名之為「耽酒」亦可。

首句說理，二句應之。苦樂參半，人之恆態。

三句一轉，實說自我：耽酒且狂歌，其狂如何！

四句結：我只有樂，沒有苦。

如此心態，豈限於履道一居！

四十九、戲招諸客

> 黃醅綠醑迎冬熟，絳帳紅爐逐夜開。
>
> 誰道洛中多逸客，不將書喚不曾來？〔註72〕

此詩作於大和六年，同前。

此詩建構也近於前首。黃綠對絳紅，冬對夜，熟對開。醅醑同物，帳爐異物。

三句一轉，標榜逸客，兼表地點。

四句說事實，亦點明題目「戲招」。三、四句一貫，用反問句反得溫婉之致。

由布陣到結局，一一條理分明。

五十、將歸一絕

> 欲去公門赴野扉，預思泉竹已依依。
>
> 更憐家醞迎春熟，一甕醍醐待我歸。〔註73〕

此詩作於大和七年（833），居易六十二歲，在洛陽，任河南尹。

此詩與上詩相較，恰恰成一對比：彼為招客迎客，此為自己受迎。

欲去，欲隱也。「野扉」更點明此旨。

二句預思，泉竹，依依，更添氣氛。

〔註72〕同上，頁2098。

〔註73〕同上，頁2108。

三句「更憐」乃直接「欲去」、「預思」。

迎春熟，是由「依依」來。

四句說明全詩宗旨。「一甕醍醐」即三句之「家醞」，但說來格外熱切。

「待我歸」，主語是「醍醐」，亦是家人。

五十一、睡覺偶吟

官初罷後歸來夜，天欲明前睡覺時。

起坐思量更無事，身心安樂復誰知？〔註74〕

此詩作於大和七年（833），居易六十二歲，在洛陽，任太子賓客分司。

相對於河南尹，太子賓客是一個閒差，故首句曰「官初罷」。

首二句一步一步表現時間，由宏而微。

三句連用二動詞「起坐」及「思量」，「更無事」乃思量之結果。

身心安樂，乃此際居易生命狀態之總述，亦居易一生之大部分的常態。後三字頗著力，亦表竊喜之意也。

五十二、負春

病來道士教調氣，老去山僧勸坐禪。

辜負春風〈楊柳曲〉，去年斷酒在今年。〔註75〕

此詩作於大和八年（834），居易六十三歲，居洛陽，任太子賓客分司。

年紀大了，老了，病了。

他的朋友中有道士、有僧人，遂教以調氣、坐禪之法。二句一氣貫下。

辜負春風，辜負楊柳，辜負〈楊柳曲〉－按漢橫吹曲有折楊柳，至隋而爲宮詞，唐變爲新聲，後又變而爲詞，曰〈楊柳枝〉，泛稱〈楊柳曲〉。總而言之，是一片無奈之情。

〔註74〕同上，頁2109。
〔註75〕同上，頁2149。

不只辜負春光，不能冶遊，連酒也被迫戒掉了。這可說是負上加負。末二句沉痛有力。

五十三、醉遊平泉

狂歌箕踞酒樽前，眼不看人面向天。

洛客最閒唯有我，一年四度到平泉。〔註76〕

此詩作於大和八年，同前詩。

平泉，在洛陽城南三十里，有李德裕平泉莊，中多怪石，醒酒石尤奇。

首句尚平，次句「眼不看人」已奇，「面向天」更足成之。

三句點題而舒展。

四句再點題，「一年四度」氣韻十足。

五十四、集賢池答侍中問

主人晚入皇城宿，問客徘徊何所須。

池月幸閒無用處，今宵能借客遊無。〔註77〕

此詩作於太和八年，同前。

集賢池，指裴度集賢坊宅第之園亭，在洛陽長夏門之東第三街，築山穿池，竹木叢萃，有風亭水榭，梯橋架閣，島嶼迴環，極都城之勝景。

首句主人指侍中裴度，皇城指集賢坊。次句客指白居易。「須」，待也。

三句是裴度所說，抑居易所說，見仁見智；但以屬之居易為佳，如此與四句一氣貫下。不過「無用處」三字就未免有點不客氣了。或者以此顯示二人乃不拘形跡的老友吧。

四句之中，十九字為二人間答之辭。全詩親切而有味焉。

〔註76〕同上，頁 2195。

〔註77〕同上，頁 2199。

五十五、即事重題

重裘煖帽寬氈履，小閣低窗深地爐。

身穩心安眠未起，西京朝士得知無？〔註78〕

此詩作於太和九年（835），居易六十四歲，在洛陽，任太子少傅分司。

此詩乃繼〈九年十一月二十一日感事而作〉所作。二詩皆爲感甘露寺之變而作。

前詩首二句爲「禍福茫茫不可期，大都早退似先知。」此詩首二句自寫其悠閒寬裕的生活，上下七字都對仗得很穩妥。

三句繼紹前二句，安穩長臥，逍遙自得。

四句謂他遠離長安權力中心，故能自在生活，不致捲入險惡政爭中，頗有自倖之意。

五十六、病中贈南鄰覓酒

頭痛牙疼三日臥，妻看煎藥婢來扶。

今朝似校抬頭語，先問南鄰有酒無。〔註79〕

此詩作於開成元年（836），居易六十五歲，在洛陽，任太子少傅分司。

首句直抒：二痛，一臥，合爲三動詞，三日爲時間補語。

次句二配角二動作。

三句小愈抬頭，且說話。

四句進入主題：向南鄰覓酒。至此憂然而止，已成一首上品臥病詩。

五十七、宅西有流水牆下構小樓臨玩之時頗有幽趣因命歌酒聊以自娛獨醉獨飲偶題五絕之一

伊水分來不自由，無人解愛爲誰流？

家家抛向牆根底，唯我栽蓮越小樓。〔註80〕

〔註78〕同上，頁2232。

〔註79〕同上，頁2270。

〔註80〕同上，頁2308，下四首同此。

此詩與下四首作於開成二年（837），居易六十六歲，在洛陽，任太子少傅分司。

首句寫伊水，擬人，不自由。

次句沉重。世間無人懂愛，伊水那怕多情，又能爲誰而流？

三句一轉：家家牆底築構小樓，引發四句。

四句謂我獨栽蓮，越小樓而上。莫非居易獨獨解愛？解伊水之愛，解大自然造化之愛？

此結十分風流。

五十八、宅西有流水……偶題五絕之二

　　水色波文何所似？麴塵羅帶一條斜。

　　莫言羅帶春無主，自置樓來屬白家。

按居易宅在履道西門，宅西牆下臨伊水渠，渠又周其宅之北。

首句自問，次句作答。麴塵，謂河水似酒，羅帶一條斜，謂伊水如羅帶斜倚。

三句拓開：春爲節候，無主是假擬。

四句又作答：自置小樓，春之主在此焉──「屬白家」。全詩自說自話，却自成體段。

五十九、宅西有流水……偶題五絕之三

　　日灩水光搖素壁，風飄樹影拂朱欄。

　　皆言此處宜絃管，試奏〈霓裳〉一曲看。

此詩首句寫白家小樓之美，二句繼之，恰巧成對。

三句拓開，用人言以見其客觀性。

四句繼之，選〈霓裳羽衣曲〉以配襯其自宅之高雅優美。

「皆言」、「試奏」，應合得好。

六十、宅西有流水……偶題五絕之四

　　〈霓裳〉秦罷唱〈梁州〉，紅袖斜翻翠黛愁。

　　應是遙聞勝近聽，行人欲過盡迴頭。

〈梁州〉，指〈梁州曲〉，琵琶樂曲名，本名〈涼州曲〉，乃涼州所獻，後誤作「梁州」，乃約定俗成而不返。

〈霓裳羽衣曲〉乃優雅之曲，〈梁州曲〉乃悲涼之曲，互相對應，或可視作互補。

次句紅袖、翠黛可視為當句對。「愁」應〈梁州曲〉。

三句、四句巧妙地描寫其樂音之美。

全詩只寫音樂，脫略其宅。

六十一、宅西有流水……偶題五絕之五

獨醉還須得歌舞，自娛何必要親賓。

當時一部清商樂，亦不長將樂外人。

按清商曲歌辭，分吳聲歌、神弦歌、西曲歌、江南弄等，殊有風致。

首二句說獨醉自娛之態，只要歌舞不必有親友。

三四句申明此旨：一部清商樂，不必與外人共享。

獨樂樂，何必遜於眾樂樂。

此詩自與白宅有關，但亦一字不著樓宅。

六十二、東城晚歸

一條邛杖懸龜榼，雙角吳童控馬銜。

晚入東城誰識我？短靴低帽白蕉衫。〔註81〕

此詩作於開成三年（838），居易六十七歲，在洛陽，任太子少傅分司。

首句一杖一榼，風流老丈。

次句寫侍兒：雙角狀其貌，控馬描其動作。

三句示知地點，又加自問之辭。

四句用三個意象，自繪甚為生動。

白居易是大詩人，世間大部分的詩人都不免有些自戀症，此其一例也。

〔註81〕同上，頁 2359。

六十三、西樓獨立

　　　身著白衣頭似雪，時時醉立小樓中。

　　　路人迴顧應相怪：十一年來見此翁。〔註82〕

　　此詩作於開成四年（839），居易六十八歲，在洛陽，任太子少傅分司。

　　首句湊巧緊接上詩之「白蕉衫」，不過添一生態：白頭。

　　二句扣題，而加醉字。

　　三句拓開，亦一轉也。「相怪」是擬猜，卻忒好。

　　四句意指自己在洛陽居已十一年。

　　其獨立或漫步，已成長期之習慣也。

　　二句寫實，二句半虛擬，略增詩味。

六十四、早春獨登天宮閣

　　　天宮日暖閣門開，獨上迎春飲一盃。

　　　無限遊人遙怪我：緣何最老最先來？〔註83〕

　　此詩亦作於開成四年，在洛陽。

　　天宮寺閣在洛陽城中。

　　首句寫地點和氣候，次句寫時間和動作。

　　三句、四句作法，略同前首。

　　「無限」二字正對「我」，「怪」字義同前首，但上加一「遙」，又添些風致。

　　四句最老而先來，更加一把勁。人雖已老，迎春卻一馬當先！

六十五、長洲曲新詞

　　　茂苑綺羅佳麗地，女湖桃李豔陽時。

　　　心奴已死胡容老，後輩風流是阿誰？〔註84〕

　　此詩亦作於開成四年，在洛陽。

〔註82〕同上，頁2380。

〔註83〕同上，頁2382。

〔註84〕同上，頁2384。

茂苑、女湖，俱在洛陽；長洲苑，吳故苑名，在郡界，今江蘇省蘇州市境內。

首二句一地一時，其實乃是互文。一寫人，一寫景，交相輝映。

三句容二妓。

四句繼之，扣問後輩誰能紹之。

由首句之佳麗，到末句之阿誰，揚揚抑抑，此曲之心情不問可知。

六十六、病中五絕之一

世間生老病相隨，此事心中久自知。

今日行年將七十，猶須慚愧病來遲。〔註85〕

此詩作應爲六十八歲（839）時所作。

前二句布局且切題：常識化爲詩句。

三句平實說己之年齡。

四句謂雖病猶喜，蓋年將七十，古稀之翁雖罹疾，亦應慶幸老天手下留情，使我活到如今，方有些疾病。「慚愧」，僥倖也！

此詩造意嶄新。

六十七、病中五絕之二

方寸成灰鬢作絲，假如強健亦何爲？

家無憂累身無事，正是安閑好病時。

首句「鬢作絲」常見，「方寸成灰」乃「心如死灰」之另一種說法，但卻有新鮮感。

二句低調，但亦符居易此時之人生觀。

三句實寫而坦蕩。

四句「安閑好病時」又加「正是」，令人企慕，令人擊節。

病亦福也。

〔註85〕同上，頁2389，下四首同此。

六十八、病中五絕之三

李君墓上松應拱，元相池頭竹盡枯。

多幸樂天今始病，不知合要苦治無。

李指李建，字杓直。元指元稹。詩尾有小注云：「李、元皆予摯友也。杓直少予八歲，即世已九年；微之少予七年，薨已八年矣。今予始病，得非幸乎！」

首二句用松、竹二意象，又用墓、池二象輔之，哀悼傷感之意不言而喻。

三句直說晚病爲幸，坦蕩而平易。

四句一轉：由「多幸」到「苦治」，可謂一百八十度的轉折。但既以「不知……無」爲套，則其徼倖之心猶存，自謔之意微露。

六十九、病中五絕之四

目昏思寢即安眠，足軟妨行便坐禪。

身作醫王心是藥，不勞和扁到門前。

此五絕前三首雖有新意，仍不免一味低調。此詩則不同。

首二句已展示療疾之方，對仗得自然。

三句鄭重指出：自己（病人也）之身與心即是病之醫與藥。

四句順勢而下，達人如居易，不求良醫治病，足可自療自痛也。

七十、病中五絕之五

交親不要苦相憂，亦擬時時強出遊。

但有心情何用腳？陸乘肩輿水乘船。

首句安慰親友：真達觀之病人也。

次句說自療之另一法。

三句實說而詼諧。

四句說出答案。

肩輿也，舟也，乃另一類醫王與藥王。

七十一、賣駱馬

　　　五年花下醉騎行，臨賣回頭嘶一聲。

　　　項籍顧騅猶解歎，樂天別駱豈無情？〔註86〕

　　此詩作於開成四年（839），居易六十八歲，在洛陽，任太子少傅分司。

　　文集卷七十一有〈不能忘情吟〉序：「樂天既老，又病風，乃錄家事，會經費，去長物。妓有樊素者，年二十餘，綽綽有歌舞態，善唱〈楊枝〉，人多以曲名名之，由是名聞洛下。籍在經費中，將放之。馬有駱者，粗壯駿穩，乘之亦有年。籍在長物中，將鬻之。圉人牽馬出門，馬驤首回顧一鳴，聲音間似知去而旋戀者。素聞馬嘶，慘然立且拜，婉變有辭，辭畢泣下。」

　　首句實說，著「花下」二字以添風致。

　　次句亦實寫，「迴頭」下「嘶一聲」，張力十足。

　　三句用典而恰如其分。

　　四句繼之，成烘托之勢。

七十二、別柳枝

　　　兩枝楊柳小樓中，嫋娜多年伴醉翁。

　　　明日放歸歸去後，世間應不要春風。〔註87〕

　　此詩與上詩同時所作。

　　楊柳隱指樊素，首句如用喻而妙。

　　次句繼之，落實在醉翁－主人白居易身上。

　　三句寫設想之未來。

　　四句石破天驚，貌似輕鬆，其實沉痛之至。

　　居易釋出樊素，一因己已年老，不堪年輕姬妾陪侍，一為樊素著想也。說是減用度，只是表面的理由。

〔註86〕同上，頁2391。
〔註87〕同上，頁2392。

七十三、夜涼

露白風清庭戶涼，老人先著夾衣裳。

舞腰歌袖拋何處？唯對無弦琴一張。〔註88〕

此詩作於開成五年（840），居易六十九歲，在洛陽，任太子少傅分司。

首句寫實景，三意象而合一。

次句寫實，主角露身。

三句一轉，可見他仍懷念樊素她們。

四句用陶淵明典，其情也，似達觀，實淒惶。「唯」字透露此一訊息。

七十四、五年秋病後獨宿香山寺三絕句之一

經年不到龍門寺，今夜何人知我情？

還向暢師房裏宿，新秋月色舊灘聲。〔註89〕

此下三首均作於開成五年（840），居易六十九歲，在洛陽，任太子少傅分司。

首句述往撫今。

次句就景抒情。

暢師即文暢上人，香山寺僧，二人交好。

四句月色應夜，舊灘聲應「經年」。末二字「灘聲」猶如畫龍點睛：以聽覺御視覺。

七十五、五年秋病後獨宿香山寺三絕句之二

飲徒歌伴今何在？雨散雪飛盡不迴。

從此香山風月夜，只應長是一身來。

此詩不說僧，不說寺，只寫回憶之情，香山寺在此只是提供一個合宜的背景。

首句飲徒歌伴雖常而新。

〔註88〕同上，頁。

〔註89〕同上，頁 2428，下二首同此。

次句明寫自然，實隱托人事。

三句一轉輕妙。

四句收合，以「祇應」始，以「來」終，「一身」是骨幹，沉重之至。

七十六、五年秋病後獨宿香山寺三絕句之三

石盆泉畔石樓頭，十二年來晝夜遊。

更過今年年七十，假如無病亦宜休。

此詩旨意又比前二首更往前推了一步。

石樓，乃香山寺一景。香山寺乃龍門十寺之一，後魏時所建。

居易〈修香山寺記〉（卷六八）云：「關塞之氣色，龍潭之景象，香山之泉石，石樓之風月，與往來者耳目一時而新。」

首句實寫地點，自見風致。

次句寫時間，「晝夜」誇張而有力。

三句一轉－轉亦承也。

四句婉述欲休之念。

三絕由「不到」至「宜休」，一氣呵成。

七十七、離別難詞

綠楊陌上送行人，馬去車迴一望塵。

不覺別時紅淚盡，歸來無可可霑巾。〔註90〕

此詩大約作於開成四年（839）至會昌二年（842），在洛陽。

首二句一氣貫下，寫東都送人景象，一字不可改。二句之「一」亦傳神。

三句「不覺」緊接「一望塵」，「別時」上應「送行人」。「紅淚盡」稍嫌誇張。

四句繼之，略減唐突之感。

─────────────

〔註90〕同上，頁 2459。

七十八、寒亭留客

今朝閒坐石亭中，爐火銷殘樽又空。

冷落若為留客住，冰池霜竹雪髯翁。〔註91〕

此詩作於會昌元年（841），居易七十歲，人在洛陽。

首句破題。

次句綴景，是「內景」。

三句切題。但「冷落」二字下應「留客」，顯得很別致，引人注意。

四句「冰池霜竹」是「外景」。「雪髯」本形容作者本人，卻恰好與冰、霜同類同色，妙。

如此留客，亦云雅矣。

七十九、卯飲

短屏風掩臥牀頭，烏帽青氊白氎裘。

卯飲一盃眠一覺，世間何事不悠悠？〔註92〕

此詩作於會昌元年（841），居易七十歲，在洛陽。

卯，卯時，早晨五點到七點；卯飲，晨飲酒。

首句寫背景，屏風與牀。

次句服裝，似為冬日光景。

三句切題，卯飲加睡覺。

四句總結：由卯飲、睡眠說起，推擴世事，而以「悠悠」合之。

白居易晚年生活如此，人生觀亦如此。

八十、灘聲

碧玉斑斑沙歷歷，清流決決響泠泠。

自從造得灘聲後，玉管朱絃可要聽？〔註93〕

此詩作於會昌二年（842），居易七十一歲，在洛陽。

〔註91〕同上，頁2909。

〔註92〕同上，頁2515。

〔註93〕同上，頁2515。

首句寫河灘。「碧玉」一作「碧石」，較爲合理。

次句寫河水。二句中四用叠字詞，有形有聲。

三句「造」字甚奇，然則主語爲造物或老天？

四句玉管朱絃，上應碧石與沙與清流。

人聲不如天聲，人樂不如天樂。

八十一、閑眠

　　暖床斜臥日曛腰，一覺閑眠百病銷。

　　盡日一飧茶兩椀，更無所要到明朝。〔註94〕

此詩寫於會昌五年（845），居易七十四歲，在洛陽，刑部尚書致仕。

首句破題，兼交代地點及含糊的時間。

次句把主題明白表出。這也是居易的自我信仰，前面已有呈現。

三句補出每日一餐二碗茶。

四句再說個清楚。

閑眠、一飧、二茶，人生簡易如此，無愧其名其號！

八十二、春眠

　　枕低被暖身安穩，日照房門帳未開。

　　還有少年春氣味，時時暫到睡中來。〔註95〕

此詩作於開成五年（840）至會昌五年（845），居易在洛陽。

前二句恰好爲上一首詩之「閑眠」作注腳，不過限定一季節而已。

枕低、被暖，身穩，有帳，門不啓。「日照」恐暗指遲起。

三句突然一轉：少年春氣味。

四句稍加限制：「暫到睡中」。

此味甚美，居易乃有福之人，乃能享之。

以上生活諸詩，食衣住（睡）行俱全，山水寺亭皆在。

〔註94〕同上，頁 2558。

〔註95〕同上，頁 2573。

參、抒情

一、邯鄲冬至夜思家

邯鄲驛裏逢冬至，抱膝燈前影伴身。

想得家中夜深坐，還應說著遠行人。〔註96〕

此詩作於貞元二十年（804），居易三十三歲，在邯鄲，任校書郎。

前句交代時地，地在時前，正好切題。

次句寫在驛中光景，扣一「夜」字。「影伴身」與「抱膝」前後相應。

三句說「思家」，四句反以家人為主體，假擬其思己之狀。

此也彼也，合而為一。

二、長安閑居

風竹烟松晝掩關，意中常似在深山。

無人不怪長安住，何獨朝朝暮暮閑？〔註97〕

此詩作於貞元十八年（802）至貞元十九年（803），居易在長安。

俗語說：「長安居，大不易」。不易之原因有二：一為生態煩忙，一為生計昂貴。

此詩針對前者，大作翻案文章。

首句以風竹煙松打頭，即傳遞「閑居」的訊息。「晝掩關」三字則直抒矣。

二句比擬得深重。

三句由反面說，「怪」者，怪其煩忙也。

四句再返正：吾獨終日享閑福！用反問句更增自得之情。

三、秘書省中憶舊山

厭從薄宦校青簡，悔別故山思白雲。

猶喜蘭台非傲吏，歸時應免動〈移文〉。〔註98〕

〔註96〕同上，頁759。

〔註97〕同上，頁763。

〔註98〕同上，頁965。

此詩約作於貞元十九年（803）至永貞元年（805），居易在長安，爲校書郎。

首句明說不耐煩校書郎的工作。

次句切入主題，因厭薄宦，故思故山，故山之白雲。

三、四句謂長官尚和氣，故不必如孔稚珪作〈北山移文〉以求歸。

後二句雖稍低調，仍發生應有的調和作用。

四、長安正月十五日

　　諠諠車騎帝王州，羈病無心逐勝遊。
　　明月春風三五夜，萬人行樂一人愁。〔註99〕

此詩作於貞元十六年（800），居易二十九歲，在長安，準備應試。後於二月十四日於高郢主試下以第四名登進士第。

首句寫長安車馬，著「諠諠」二字，足矣。

次句示病，示無心。然未否定長安自有勝遊。

三句寫元宵夜，「明月春風」四字亦足夠了。

四句突兀，萬人、一人之間，春風明月如何！「一人愁」俊俏親切。

以景烘情，乃居易慣技。

五、宿桐廬館同崔存度醉後作

　　江海漂漂共旅遊，一樽相勸散窮愁。
　　夜深醒後愁還在，雨滴梧桐山館秋。〔註100〕

此詩約作於貞元十六年（800）以前，居易在桐廬（今屬浙江省）。

好友同宿，仍不免一愁。

首句寫二人同遊，無定蹤。

次句寫以酒澆愁。「勸」字有力。

三句一轉，澆愁不熄。

〔註99〕同上，頁772。
〔註100〕同上，頁774。

四句以景（雨聲、梧桐）爲結。「山館秋」三字頗有餘音繞樑之
致。

六、冬至宿楊梅館

十一月中長至夜，三千里外遠行人。

若爲獨宿楊梅館，冷枕單牀一病身！〔註101〕

此詩約作於貞元十六年（800，廿九歲）以前。

首句交代時間，次句寫時間和主角－我。

三句「若爲」打頭，似眞似幻。重心在「獨宿」之「獨」。四句
分三節：冷枕，小；單牀，中；一病身，大。

何等淒冷！

首句遠景，次句亦遠。三句中景，四句近景至特寫鏡頭。

七、花下自勸酒

酒盞酌來須滿滿，花枝春即落紛紛。

莫言三十是年少，百歲三分已一分。〔註102〕

此詩作於貞元十七年（801），居易三十歲。

首句寫酒，次句寫花，各用一疊字詞，描出其熱鬧之場面。

三句一轉，四句一合，竟把白居易多愁善感之天性完全流露出來
了。「莫言」二字有力。

八、寒食夜

無月無燈寒食夜，夜深猶立闇花前。

忽因時節驚年幾，四十如今欠一年。〔註103〕

此詩作於元和五年（810），居易三十九歲，在長安，任左拾遺、
翰林學士。

首句用四字描寫寒食，平易而精確。

次句是一個特殊的動作。

〔註101〕同上，頁 785。
〔註102〕同上，頁 790。
〔註103〕同上，頁 803。

三句一轉，結撰如上首。

四句一結，說出自己年齡，其實暗喻年華似水、歲月不饒人之旨。

九、江上笛

　　江上何人夜吹笛？聲聲似憶故園春。

　　此時聞者堪頭白，況是多愁少睡人！〔註104〕

此爲「酬和元九東川路詩十二首」之一，下三首同此。

作於元和四年（809），三十八歲，在長安，任左拾遺、翰林學士。

首句吹笛，姑發一問。

次句寫笛聲之效。

三句繼之，更增力量。

四句再續，自抒至底。

十、嘉陵夜有懷二首之一

　　露濕牆花春意深，西廊月上半牀陰。

　　憐君獨臥無言語，惟我知君此夜心。〔註105〕

首句四字如擬人。後三字點出季候感受。

次句續寫景象。花月俱全矣。

三句跳出鏡頭，假擬一局外之人憐「君」。

四句惟我之「我」，仍是同一人。「君」則居易自指也。「我」亦可以解作月亮。

十一、嘉陵夜有懷二首之二

　　不明不闇朧朧月，非暖非寒慢慢風。

　　獨臥空牀好天氣，平明閒事到心中。

前二句十四字寫夜臥感覺，值得長吟細品。

三句收拾上二，平易近人。

四句突破而不見突兀。

〔註104〕同上，頁 836。
〔註105〕同上，頁 837，下二首同此。

人在閒臥月色中，天亮醒來，仍彷彿夢境，而無數往事乃湧向心頭。

十二、夜深行

　　百牢關外夜行客，三殿角頭宵直人。

　　莫道近臣勝遠使，其如同是不閑身。

　　首句說明地點。按《輿地紀勝·卷一八三興元府》：「百牢關，在西縣三十里。」

　　麟德殿，殿有三面，南有閣，東西有樓，故曰三殿。在北京皇城內。

　　次句補充，且示知主角身分－居易自己，因為左拾遺，翰林學士，故值夜班。

　　三句自謙自抒。

　　四句說出真心話。

　　「不閑」，是詩人心中一憾。

　　此詩另一妙處是：每句末字均是人。

十三、夜坐

　　庭前盡日立到夜，燈下有時坐徹明。

　　此情不語何人會？時復長吁一兩聲。〔註106〕

　　此詩作於元和九年（814），白居易四十三歲，在下邽守喪。

　　首句寫晝，次句寫夜。二者恰成強烈對比。

　　為何如此？三、四句乃作答。

　　三句先設局，四句仍無解。

　　百般心事，立也好，坐也好，反正不言語，不表達，只有長吁一兩聲。

十四、寒食夜有懷

　　寒食非長非短夜，春風不熱不寒天。

　　可憐時節堪相憶，何況無燈各早眠。〔註107〕

〔註106〕同上，頁 855。
〔註107〕同上，頁 858。

此詩作於元和九年，同前首。

寒食清明，恰在最長、最短夜中間，故曰「非長非短」。

二句寫氣溫，不熱不寒，暖。

三句可憐，猶言可愛。春、秋二季，尤惹人思懷，此正其時。

四句增益其情調：熄燈，早睡。

此詩中所思憶者，恐是元稹。

十五、重到華陽觀舊居

憶昔初年三十二，當時愁思已難堪。

若爲重入華陽院，病鬢愁心四十三？〔註108〕

此詩作於元和九年（814），居易四十三歲，在長安，任太子左贊善大夫。

首句寫時間，次句追憶昔日感受。

三句一轉，重入華陽院－在長安朱雀門街東第三街永崇坊。貞元末，元和初，居易爲校書郎時寓居永崇里之華陽觀。－重遊故居也。

四句本只四字：病鬢（白髮也）愁心（多愁善感也）；加三字以足七字數，然足見風致。

十六、答勸酒

莫怪近來都不飲，幾迴因醉却沾巾。

誰料平生狂酒客，如今變作酒悲人？〔註109〕

此詩約作於元和九年（814）至元和十年（815），人在長安，任太子左贊善大夫。

首句標明不飲，次句又說曾飲。

三句一大轉：自稱「平生狂酒客」。

四句合：自己已成「酒悲人」。

不喝酒是強制，故曰酒悲人。

〔註108〕同上，頁910。
〔註109〕同上，頁911。

何故不飲？仍然無解。

此「答」如同未答。

十七、閑吟

自從苦學空門法，銷盡平生種種心。

唯有詩魔降未得，每逢風月一閑吟。〔註110〕

此詩作於元和十二年（817），居易四十六歲，在江州，爲江州司馬。

首二句直說，毫不隱晦，「種種心」好。

三句一轉，「降未得」與「銷盡」相應。

從此居易被人們稱爲「詩魔」矣。

四句足成之：詩與風月爲友。以「閑吟」爲結，亦令人滿意。

今之詩人周夢蝶亦同其然。

十八、殘春曲（禁中口號）

禁苑殘鶯三四聲，景遲風慢暮春情。

日西無事牆陰下，閑踏宮花獨自行。〔註111〕

此詩約作於元和二年（807）至元和五年（810），在長安。

三十多歲的居易，官做得不大不小，禁中辦公住宿，乃有此種閑情。

首句重心在聽覺，或兼視覺。二句重心在視覺，「遲」、「慢」、「暮」一氣貫下。

三句重心在「無事」，四句重心在「閑踏」。

末句之「獨自行」或有些許言外之意。

十九、長安春

青門柳枝軟無力，東風吹作黃金色。

街東酒薄醉易醒，滿眼春愁銷不得。〔註112〕

此詩約作於元和二年（807）到元和六年（811），在長安。

〔註110〕同上，頁 1052。

〔註111〕同上，頁 1216。

〔註112〕同上，頁 1216。

此詩情調與上一首極為相似，不過以柳枝取代殘鶯，又加一「酒」而已。

首句「青門」，次句「黃金色」，遙相應和。由「軟無力」到「吹作黃金色」，是一轉，亦是一承。

「酒薄」以致「醉易醒」，順理成章。

四句之合，乃在將春色（以柳枝作代表）與「春愁」合而為一。「銷不得」隱隱約約又和第一句的「軟無力」相應。

二十、長樂坡送人賦得愁字

> 行人南北分征路，流水東西接御溝。
>
> 終日坡前恨離別，謾名長樂是長愁。〔註113〕

此詩約作於元和二年（807）至元和六年（811），在長安。

首句是主體，次句是輔體。但對仗得自然而巧妙。

三句沉重，「恨離別」三字千鈞。

四句切題而抒，乃由三句拓成。

以地名為詩，常有意外之效果。

二十一、獨眠吟二首之一

> 夜長無睡起階前，寥落星河欲曙天。
>
> 十五年來明月夜，何曾一夜不孤眠？〔註114〕

此詩約作於元和二年（807）之前。

首句破題，並示知地點。次句向上看，亦是氣氛之烘托。

三句明說十五年，蓋居易在外仕官，妻兒未隨侍身邊，故有此說也。

四句用反問句，令讀者印象格外深刻。

此詩中三用「夜」字，但不嫌其贅煩。

〔註113〕同上，頁1217。

〔註114〕同上，頁1218，下一首同此。

二十二、獨眠吟二首之二

　　　　獨眠客夜夜，可憐長寂寂。
　　　　就中今夜最愁人，涼月清風滿牀席。

　　此詩作時亦同上首。

　　此詩五、五、七、七，乃絕句變體，感覺上較近於七絕，故歸於此。

　　首二句用二疊字詞，效果不錯，似對非對。

　　三句一承，「今夜」、「愁人」各承一、二句。又是三個「夜」字。

　　四句寫景大方：「涼月」、「清風」，最有代表性。再加一狀詞「滿」，全詩意境圓滿矣。

　　月色、風聲，皆是愁之原料。

二十三、傷春詞

　　　　深淺簷花千萬枝，碧紗窗外囀黃鸝。
　　　　殘粧含淚下簾坐，盡日傷春春不知。〔註115〕

　　此詩約作於長慶三年（823）之前。

　　首句熱鬧，「深淺」描寫得真切。

　　次句碧、黃相對，視聽交揉。

　　三句寫出人形人情，「下簾」乃輔佐之動作。

　　四句妙極：傷春，是以上三句之總縮，「春不知」是接踵而來的感慨。

　　試問：春如何方可知悉汝之傷春？

二十四、三年別

　　　　悠悠一別已三年，相望相思明月天。
　　　　腸斷青天望明月，別來三十六迴圓。〔註116〕

　　此詩亦作於長慶三年前。

　　首句切題，「悠悠」有味。

〔註115〕同上，頁1221。
〔註116〕同上，頁1221。

次句以明月天為背景，烘襯相望（實而虛）相思（虛而實）之情。

三句實為次句之重複，腸斷乃由相思演化而來。

四句乃正面詮說，亦可視作餘波。

二十五、自問

黑花滿眼絲滿頭，早衰因病病因愁。

宦途氣味已諳盡，五十不休何日休？〔註117〕

此詩寫於長慶元年（821），居易五十歲，在長安，任主客郎中、知制誥。

首句自狀：眼中有飛蚊症，頭髮全白。

二句寫身心因果。七字緊串。

三句實抒：「宦途氣味」值得回味至再。

四句自喻將退休，用反問句更增力量。

「自問」如此，休乎？終不休乎？

二十六、秋房夜

雲露青天月漏光，中庭立久卻歸房。

水窗席冷未能臥，挑盡殘燈秋夜長。〔註118〕

此詩約作於元和十一年（816）至長慶二年（822），居易四十五歲至五十一歲之間。

首句寫實景，「露」和「漏」互應。

次句寫自己的兩個動作，是連續的，亦是間隔的。

窗外有水，故室內覺冷。此不臥之原由。

四句合題：「未能臥」導出「挑盡殘燈」，正因如此，乃益覺秋夜之漫長。

四句因果串連，值得細品。

〔註117〕同上，頁 1267。

〔註118〕同上，頁 1303。

二十七、湖中自照

重重照影看容鬢，不見朱顏見白絲。

失卻少年無覓處，泥他湖水欲何爲？〔註119〕

此詩作於長慶三年（823），居易五十二歲，在杭州，任杭州刺史。

首句破題，「重重」打頭，頗有意致。

次句乃自照之結果。

三句緊承二句：「失卻」又加「無覓處」，其力道乃倍加焉。

四句「泥」字有味且有力。「欲何爲？」問自己，還是問蒼天？

對歲月之感覺，詩人最爲敏感。

二十八、自歎二首之一

形羸自覺朝食減，睡少偏知夜漏長。

實事漸消虛事在，銀魚金帶遶腰光。〔註120〕

此詩作於長慶四年（824），居易五十三歲，任杭州刺史。

首句言食，次句說睡，合爲「形羸」。「夜漏長」增添不少氣氛。

三句所謂實事，乃爲國爲民効力，所謂虛事，乃官爵與榮華富貴。

四句具體形容「虛事」。

此際居易任地方大員，仍有實際作爲，三句所云，恐不免自謙，或比較青年時代之勇於任事，自覺有愧耳。「漸」字值得品味。

二十九、自歎二首之二

二毛曉落梳頭懶，兩眼春昏點藥頻。

唯有閑行猶得在，心情未到不如人。

首句說二毛，黑黑白白一齊落，因而懶於梳理。

次句說眼睛，已經昏眊不明，故頻頻點藥治療。

好在二句並未把話說死，乃引發三句。

三句以「閑行」代表老人之一大生態，「猶得在」，乃針對前二句之病態而發。

〔註119〕同上，頁 1363。

〔註120〕同上，1389 頁，下一首同此。

四句總結：心情尚好。

二詩內容互補。

三十、自感

宴遊寢食漸無味，杯酒管絃徒繞身。

賓客歡娛僮僕飽，始知官職爲他人。〔註121〕

此詩亦作於長慶四年，同上詩。

首句實說，猶如上詩之前二句。

二句以酒、樂爲代表，說「無味」之內容，「徒」字再加強調。

三句以客烘主，實是反襯。

四句是實寫，也是自我調侃，其中蘊含多少人生之辛酸。

三十一、急樂世辭

正抽碧線繡紅羅，忽聽黃鶯斂翠蛾。

秋思冬愁春悵望，大都不稱意時多。〔註122〕

此詩亦作於長慶四年，五十三歲時。

首句抽絲繡羅，恐爲比喻之辭。次句鶯斂翠蛾，亦是象喻。合而言之，景象正好時，忽覺青春已逝。二句對仗工切。

三句：三季愁悵，夏季未及，乃省略耳。

四句進一步說破，稍欠含蓄之致。

三十二、愛詠詩

辭章諷詠成千首，心行歸依向一乘。

坐倚繩牀閑自念，前生應是一詩僧。〔註123〕

此詩亦作於長慶四年。

歎老詠衰之餘，居易仍不忘自己最大的愛好：吟詩，因而爲之特立一題。

首句直說，兩字動詞，兩字名詞，一直貫下。

〔註121〕同上，頁1546。

〔註122〕同上，頁1560。

〔註123〕同上，頁1579。

次句之「一乘」，亦應指吟詩。

三句一轉，由揚而抑。

四句一合，再由抑而揚。

前生是誰？由今生驗証。愛吟詩，愛學佛，合而言之，非詩僧而何？蘇東坡謂己前生是樂天，其理同此。

三十三、春老

欲隨年少強遊春，自覺風光不屬身。

歌舞屏風花障上，幾時曾畫白頭人？〔註124〕

此詩作於寶曆元年（825），居易五十四歲，在洛陽，任太子左庶子分司。

首句寫老態，老而不服老。

次句轉而認老。

三、四句連貫，詼詣而象徵地寫出老人的悲哀：「歌舞」與「花」，其實皆不屬於「白頭人」。「幾時曾」三字有力。

三十四、春雪過皇甫家

晚來籃輿雪中迴，喜遇君家門正開。

唯要主人青眼待，琴詩談笑自將來。

此詩亦作於寶曆元年。

前句破題：時間、交通工具一一交代。

二句完足之。加一「喜遇」，繼之以「門正開」，憑添趣致。

三句實繼二句，巧承妙接，「唯要」為媒。

四句「自將來」上紹「青眼待」；琴、詩、談、笑可視作實實虛虛四目，而居易此時不老不衰之態可掬。

此詩緊接上詩，而意興全然不同。

〔註124〕同上，頁1604，下一首同此。

三十五、病免後喜除賓客

　　　臥在漳濱滿十旬，起爲商皓伴三人。

　　　從今且莫嫌身病，不病何由索得身？〔註125〕

　　此詩作於大和三年（829），居易五十八歲，在長安。是年三月間他長告假滿免官，詔授太子賓客分司東都，故有此題。

　　首句寫他度長假之情況。

　　次句寫免官，自詡爲商山四皓中之第四人。

　　三句一轉，自慰中帶自得。

　　四句一合：因病「得身」：所謂「得身」，乃免官後得大自由也。

三十六、期宿客不至

　　　風飄雨灑簾帷故，竹映松遮燈火深。

　　　宿客不來嫌冷落，一樽酒對一張琴。〔註126〕

　　此詩作於大和四年（830），居易五十九歲，在洛陽，任太子賓客分司。

　　前二句寫家中佈設及窗竹風景，「故」、「深」二字響。

　　三句切題而抒。

　　四句再添內景：略增冷落之致。

　　《唐宋詩醇》評曰：「唐人七絕每著意前半，此詩上二句字字用意，已寫透冷落光景，下二句一拍即合。」

三十七、任老

　　　不愁陌上春光盡，亦任庭前日影斜。

　　　面黑眼昏頭雪白，老應無可更增加。〔註127〕

　　此詩作於大和六年（832），居易六十一歲，在洛陽，任河南尹。

　　此詩又說老，却用「任老」爲題，意謂認老也。

　　首二句用「不愁」、「亦任」打頭，其達觀之心態已流露無餘。春

〔註125〕同上，頁 1876。

〔註126〕同上，頁 1903。

〔註127〕同上，頁 1911，下一首同此。

盡，一年之好去矣；日斜，一日之好終矣。

三句用三意象寫自己的面貌，頗富對比性。

四句一合，達人之心了然如見。

其實六十一歲之人，老猶可增，詩人不肯承認耳。

三十八、勸飲

火急歡娛慎勿遲，眼看老病悔難追。

樽前花下歌筵裏，會有求來不得時。

此詩亦作於大和六年。

首句在「歡娛」上加「火急」，再添「慎勿遲」三字，把題目「勸飲」發揮得淋漓盡致。

次句實說理由或動機。

三句實寫花酒歌之享樂光景。

四句一轉亦一合：不把握眼前現下，未來不可復期矣。全詩一揚一抑，主題全洩。

七絕之抒情三十八首中，大致不外六旨：

一、人生苦短。

二、享樂不可遲。

三、老了衰了。

四、不服老。

五、友朋之樂。

六、自然之趣。

肆、我與人民

七絕中有關時代或人民的詩，猶如五絕，亦不甚多：

一、代州民問

龍昌寺底開山路，巴子臺前種柳林。

官職家鄉都忘卻，誰人會得使君心！〔註128〕

〔註128〕同上，頁 1199，下一首同此。

此詩作於元和十五年（820），居易四十九歲，在忠州，任忠州刺史。

龍昌寺，在四川臨江縣，今為治平寺，有上寺、下寺，俱唐代所建。在西山頂者為上寺，即巴臺寺。

巴子臺，又稱巴臺，在今四川臨江縣，忠州之東。其地有巴王廟，神即蔓子將軍。

前二句可合而觀之：既開山路，又栽柳林。

三句四句謂建設此山寺之心情：忘我忘身，此境無他人能體會。

此詩又似寫遊山心情，其實既命題曰「代州民問」，則刺史關懷州民之意自可測知也。

二、答州民

宦情抖擻隨塵去，鄉思銷磨逐日無。

唯擬騰騰作閑事，遮渠不道使君愚。

此詩亦作於元和十五年。

首句謂無宦情，次句說無鄉思。

二者合一，太守之形貌精神可以想見。

三句說「作閑事」，其實是有益民生之事，如開路、築橋、植林等。「騰騰」二字，生氣十足。

末句謂自己的心願，不求有大功，但求無過－不使居民把自己當作愚者。

起承轉合，步步合轍。

伍、寫景

寫景之七絕甚多，僅次於寫人寄人。

一、過劉三十二故宅

不見劉君來近遠，門前兩度滿枝花。

朝來惆悵宣平過，柳巷當頭第一家。〔註129〕

此詩作於永貞元年（805），居易三十五歲，在長安，任校書郎。

〔註129〕同上，頁 735。

劉三十二故宅，在長安朱雀門街東第四街宣平坊，劉三十二即劉敦質（太白），卒於貞元二十年（804）。

首句說不見劉君來，蓋敦質已死，懷念之情隱含此七字中。

次句以「兩度滿枝花」反襯故人之亡。

三句直接寫情。

四句補出地點。「第一家」亦隱含言外之意。「柳」與二句之「花」呼應。是寫景詩，也是思人詩。

二、下邽莊南桃花

村南無限桃花發，唯我多情獨自來。

日暮風吹紅滿地，無人解惜為誰開？〔註130〕

此詩作於貞元二十年（804），居易三十三歲，在下邽，任校書郎。

「下邽莊南」指居易故鄉下邽金氏村住宅之南。下邽縣，唐屬華州，今屬陝西省。

首句七字成畫，「無限……發」有味。

次句自抒亦反襯。

三句一轉，亦承也。

四句一合，好景不易得知音。然與二句相對照，則我為唯一知音矣。

三、三月三十日題慈恩寺

慈恩春色今朝盡，盡日徘徊倚寺門。

悵悵春歸留不得，紫藤花下漸黃昏。〔註131〕

此詩作於長安，永貞元年（805），居易三十四歲，任校書郎。

前句破題。古人以陰曆一、二、三月為春季，故三月三十日春盡。

次句寫動作，「寺」接首句之「慈恩」。

三句寫心情。四句以景補述時間。四句尤為悠雅。

〔註130〕同上，頁735。
〔註131〕同上，頁736。

四、戲題新栽薔薇

移根易地莫憔悴，野外庭前一種春。

少府無妻春寂寞，花開將爾當夫人。〔註132〕

此詩作於元和二年（807），居易三十六歲，在盩厔，任盩厔令。

首句先說薔薇之來由及現況。次句補足其地點：由野外移來，新栽於庭前，並以「一種春」譽之。

三句一轉，自說寂寞之情。

四句合：將薔薇當作夫人。此七字兼表寂寞之心境及對薔薇企慕之情。

寫景詩每多兼抒己情，此詩如之。

五、宿楊家

楊氏弟兄俱醉臥，披衣獨起下高齋。

夜深不語中庭立，月照藤花影上階。〔註133〕

此詩作於元和二年（807），居易三十六歲，任盩厔尉。

首句破題，二句續之。

三句自狀，二動作，皆靜態者。

四句全部描寫此際之風景：月、藤花、影、階，用二動詞「照」、「上」串連，天衣無縫，而且動靜合一，烘出全詩氛圍。

「下高齋」、「上階」，前後應合。

六、醉中歸盩厔

金光門外昆明路，半醉騰騰信馬回。

數日非關王事繫，牡丹花盡始歸來。〔註134〕

此詩作於元和二年（807），居易三十六歲，正任盩厔尉。

首句寫地點：長安西面三門，金光門居其中，此門西出，直趨昆明池。

〔註132〕同上，頁743。

〔註133〕同上，頁745。

〔註134〕同上，頁747。

二句寫主人翁之情態及動作，「騰騰」在「半醉」與「信馬迴」之間，格外有勁。

三句說經過，四句補足之。

全詩看似只有四句寫景，其實首二句亦好景也。

七、再因公事到駱口驛

今年到時夏雲白，去年來時秋樹紅。

兩度見山心有愧，皆因王事到山中。〔註135〕

此詩作於元和二年，同上詩。

首句寫天上之雲，次句逆敘，寫地上之樹，一白一紅，相映成趣。

三句切題，四句補足。

此詩恰與前詩相反，前詩明說「數日非關王事繫」。但不論動機或機緣如何，作者愛大自然之風雲花樹之情則一。

八、過天門街

雪盡終南又欲春，遙憐翠色對紅塵。

千車萬馬九衢上，迴首看山無一人。〔註136〕

此詩作於元和二年，同前詩。

首句跨季而抒，二句實錄：翠、紅與首句之雪遙相對應。

三句寫街景，四句又重複前數詩之旨意：大自然缺乏知音。

按：天門街，長安承天門街也。《西京城坊考》卷一：「宮城南門（即承天門）外有東西大街，謂之橫街。橫街之南有南北大街，曰承天門街。」

九、重到毓材宅有感

欲入中門淚滿巾，庭花無主兩迴春。

軒窗簾幕皆依舊，只是堂前欠一人！〔註137〕

此詩作於貞元十六年（800），居易二十九歲，在洛陽，下一首同此。

〔註135〕同上，頁749。
〔註136〕同上，頁750。
〔註137〕同上，頁756，下一首同此。

毓材坊在洛陽東城之東第五南北街。毓材亦作毓財。此宅爲誰人之宅，待考。

首句抒情，對照著末句來看，或是宅主已經逝世。

次句寫景，並表明時間，似乎宅主已死二年。

三句寫內景。「皆依舊」上應「兩迴春」，並扣住題目中的「重到」二字。

四句合，「堂前」與「中門」、「庭花」遙應。

十、亂後過流溝寺

九月徐州新戰後，悲風殺氣滿山河。

唯有流溝山下寺，門前依舊白雲多。

流溝寺，在符離流溝山。居易〈醉後走筆〉（卷十二）云：「武里村花落復開，流溝山色應如故。」

是年五月，徐泗濠節度使張建封死，徐州軍亂，迫建封子愔爲留後。請于朝，德宗不許。詔淮南節度使杜佑討之，不克引還。九月，詔以徐州授愔。

首二句寫徐州兵亂後光景，是虛寫。

三、四句描寫流溝山、寺，乃是寫實景，卻只「白雲多」三字，足矣！

「悲風」遙對「白雲」，人間不如天上！

十一、寒食月夜

風香露重梨花濕，草舍無燈愁未入。

南鄰北里歌吹時，獨倚柴門月中立。〔註138〕

此詩作於貞元十六年（800）以前。

首句「風香」、「露重」，似皆尋常描述，但連在一起，再加「梨花濕」，便恍覺五味俱全矣。

二句輕描淡寫，正好與上句相映襯。

〔註138〕同上，頁776。

三句導出聽覺意象，加重首句力道。

四句獨倚而立，月色為綴，正好與次句互相呼應：「無燈」與「月中」，寧非孿生子？

十二、途中寒食

　　路旁寒食行人盡，獨占春愁在路旁。

　　馬上垂鞭愁不語，風吹百草野田香。〔註139〕

此詩作於貞元十六年（800）之前。

首句亦寫景也，記路途光景。

二句自抒。「獨占」有味。

三句又「愁」，嫌重複，然「垂鞭」卻好。

四句純寫景，卻有反襯作用；甚且由愁導引向不愁亦未可知。

十三、題李次雲窗竹

　　不用裁為鳴鳳管，不須截作釣魚竿。

　　千花百草凋零後，留向紛紛雪裏看。〔註140〕

此詩作於貞元十六年（800），居易二十九，在長安。

李次雲，一作李次虛。

首二句故意作了兩種假設——一作笛，一作釣竿，然後否認之。

三句一轉，藉「千花萬草」作反襯。

竹之高貴，宜與雪作伴，所以第四句「留向……看」直呈此旨，加一「紛紛」，更添風味。

十四、題李十一東亭

　　相思夕上松臺立，蛩思蟬聲滿耳秋，

　　惆悵東亭風月好，主人今夜在郴州。〔註141〕

此詩作於元和三年（808），居易三十七歲，在長安，任左拾遺，翰林學士。

〔註139〕同上，頁779。
〔註140〕同上，頁789。
〔註141〕同上，頁791。

李十一，指李逢，已見前。

首句將亭與相思串連，四句始補出原由。

次句寫秋聲，以二蟲爲主體。

三句出一「惆悵」，恰與首句之「相思」相應。「風月」則輔佐「松台」及蟲聲。

四句謂李建在鄜州，此時路恕奉命治鄜，李達以副貳赴官。

十五、曲江獨行

　　獨來獨去何人識？廄馬朝衣野客心。

　　閑愛無風水邊坐，楊花不動樹陰陰。〔註142〕

此詩作於元和三年（808）至元和五年（810），居易在長安，任左拾遺、翰林學士。

首句自問自狀，次句進一步描述自己。「野客」二字有味，他畢竟是不大不小的朝官呀。

三句接二句，「水邊坐」形象凜然，其實乃遙接「獨來獨去」。

四句寫景，一以貫之：楊花之靜與楊樹之陰陰，表裏俱在矣。

全詩以情引景，以景輔情。

十六、曲江早春

　　曲江柳條漸無力，杏園伯勞初有聲。

　　可憐春淺遊人少，好傍池邊下馬行。〔註143〕

此詩作於元和五年（810），居易三十九歲，在長安，任左拾遺、翰林學士。

首句「漸無力」極爲生動，何況置在曲江之下。

杏園在長安朱雀門街東第三街通善坊，地與曲江相連，在其南方。居易另有〈曲江憶元九〉詩（卷十三）：「何況今朝杏園裏，閑人逢盡不逢君。」足見杏園爲樂天常遊之地。

〔註142〕同上，頁795。

〔註143〕同上，頁802。

次句寫鳥聲：有聲對無力極妙切。

三句一轉：「春淺」有味。

四句自寫自抒，與「遊人少」對峙。

「早春」之「早」，句句交代。

十七、寒食夜

　　　無月無燈寒食後，夜深猶立闇花前。

　　　忽因季節驚年幾，四十如今欠一年。〔註144〕

此詩作於元和五年，同前首。

按此詩亦可歸入抒情類。

首句「無月無燈」，乃一年中唯一寒食夜與眾不同之處，四字抵一文。

次句「闇花」，足成前句之景。

三、四句寫感慨。情由景生也。

十八、同錢員外禁中夜直

　　　宮漏三聲知半夜，好風涼月滿松筠。

　　　此時閑坐寂無語，藥樹影中唯兩人。〔註145〕

此詩亦作於元和五年。

首句寫更聲，表明時間。

次句四象：風、月、松、筠，何其幽雅！加二狀詞、一動詞。

三句自狀，兼及錢徽。

四句補出藥樹影。一幅完美的圖畫於焉完成。「唯」字亦不可缺。

十九、微之宅殘牡丹

　　　殘紅零落無人賞，雨打風摧花不全。

　　　諸處見時猶悵望，況當元九小亭前！〔註146〕

此詩亦作於元和五年。

〔註144〕同上，頁803。
〔註145〕同上，頁805。
〔註146〕同上，頁813。

首句寫晚春花落之象，次句繼之，確不免意思重複：「花不全」
即「殘紅零落」也。

三句一承亦一轉，引出「悵」字，上承「無人賞」，下接「況當」。

四句圖窮匕現：乃藉觀賞，悼惜牡丹之零落，表達他思念老友之
情。

三句「諸處」或隱「諸友」之意。

二十、夜惜禁中桃花因懷錢員外

前日歸時花正紅，今夜宿時枝半空。

坐惜殘芳今不見，風吹狼藉月明中。〔註147〕

此詩約作於元和四年（809）至元和六年（811），居易在長安，
任翰林學士。

首句與次句對擎。「歸時」、「宿時」意相對，不嫌字重。「花正紅」、
「枝半空」亦對仗得工。

三句承二句：「惜殘芳」直接由「枝半空」導出。

四句承三句後半：君不見，其實是思念錢徽：日前二人曾同坐樹
影下！

四句七字，更把桃花殘零之狀寫得入木三分：「狼藉」、「月明」，
雙雙相對，而合成一景。

二十一、山枇杷花二首之一

萬重青嶂蜀門口，一樹紅花山頂頭。

春盡憶家歸來得，低紅如解替君愁。〔註148〕

此詩亦作於元和四年（809），下一首同此。皆為「酬和元九東川
路詩」。

首句說明此花之生植地點，「萬重青嶂」足以為花增色。

次句正寫：紅配青，花比嶂。

〔註147〕同上，頁824～825。
〔註148〕同上，頁833，下一首同此。

三句直抒，補出時令。

四句一合：一樹紅花變成了「低紅」。正因一「低」，乃能引出「如解」，引出「替君愁」來。

二句半寫景，一句半寫情，恰到好處。

二十二、山枇杷花二首之二

　　　葉如裙色碧綃淺，花似芙蓉紅粉輕。

　　　若使此花兼解語，推因御史定遷程？

按山枇杷，原名山琵琶，後人妄改，其花明豔，與杜鵑花同。樵者識之，曰：「早花殺人。」

首二句對仗工妙：「裙色」、「芙蓉」稍遜，大醇小疵也。

三句「解語」，是由上一首「解愁」擴展而來。

四句看似費解：當謂解語之花可使鐵面御史軟化，寬宥囚犯也。

二十三、亞枝花

　　　山郵花木似平陽，愁殺多情驄馬郎。

　　　還似昇平池畔坐，低頭向水自看粧。〔註149〕

此詩亦作於元和四年間。亦為酬和元稹詩。

元稹集卷十七亦有〈亞枝紅〉一詩。

亞枝，謂臨水低枝也。

平陽即平陽池，在長安親仁坊郭子儀宅中。元稹〈亞枝紅〉自注云：「往歲與樂天曾於郭家亭子竹林中，見亞枝紅桃花半在池水。自後數年，不復記得。忽於襄城驛池岸竹間見之，宛如舊物，深所愴然。」

郵，驛站也；山郵，山中驛站。

次句驄馬郎，應指元稹。

三句一轉，謂如當年二人在郭宅閒坐。

四句繼之，合為低頭自看。「看粧」尤妙。

寫花猶如寫二人之友情。

〔註149〕同上，頁233。

二十四、望驛臺（三月三十日）

　　　靖安宅裏當窗柳，望驛台前撲地花。

　　　兩處春光同日盡，居人思客客思家。〔註150〕

　　此詩亦作於元和四年，酬答元稹者。

　　靖安宅，元稹長安靖安里宅第。

　　望驛台在廣元縣南，即望喜驛。廣元今屬四川省。

　　首二句對仗巧妙，義亦相對峙。一在京都，一在貶所也。

　　三句上承一、二，春光者，花與柳也。

　　三句之「同日盡」乃交代副題「三月三十日」。

　　四句乃全詩重心：居人思客、客思長安之家，此猶老杜〈月夜〉之境。

　　此詩亦可歸於抒情類。

二十五、江岸梨

　　　梨花有思緣和葉，一樹江頭惱殺君。

　　　最似嬋閨少年婦，白粧素袖碧紗裙。〔註151〕

　　此詩亦寫於元和四年，亦為和元詩，元集卷十七有〈江花落〉一詩。

　　首句謂梨花加葉引人情思。

　　次句補足之。

　　三句是巧喻：梨花似少年寡婦。

　　四句補足之：描繪得淋漓盡致。

二十六、村夜

　　　霜草蒼蒼蟲切切，村南村北行人絕。

　　　獨出前門望野田，月明蕎麥花如雪。〔註152〕

　　此詩作於元和九年（814），居易四十三歲，居下邽。

〔註150〕同上，頁838。

〔註151〕同上，頁839。

〔註152〕同上，頁857。

首句一視覺一聽覺，視覺中隱含氣候感覺。

二句寫人。雖曰「行人絕」，仍是寫人。

三句突破，一轉見「野田」。

四句補足三句：月、蕎麥、花。而「花似雪」恰和開首之「霜草」呼應。

一幅秋日村夜圖恰在目前。

二十七、高相宅

　　青苔故里懷恩地，白髮新生抱病身。

　　涕淚雖多無哭處，永寧門館屬他人。〔註153〕

此詩作於元和十年（815），居易四十四歲，在長安，任太子左贊善大夫。

高相宅，高郢宅第，在長安朱雀門街東第三街永寧坊。

首句用「青苔故里」形高宅，甚為簡明，再補三字以示知作者與高郢的關係。

次句形容高郢的現況。

三句極悲切。

四句謂此宅已歸屬他人，更增三句之悲慨意。

此詩亦可歸於抒情一類。

二十八、累土山

　　堆土漸高山意出，終南移入戶庭間。

　　玉峯藍水應惆悵，恐見新山忘舊山。〔註154〕

此詩亦作於元和十年，同上首。

終南山在長安城南五十里，玉峯指藍田山，藍水指藍溪水。元稹舊居在藍田山，此時在長安城內築新居，把假山堆入戶庭。

首句實寫，「山意出」甚妙。次句補足之，將終南山移入戶庭，自屬夸飾語。

〔註153〕同上，頁892。

〔註154〕同上，頁904。

玉峯、藍水皆元家舊址，故曰應惆悵，擬人法也。

四句繼之，似有言外之意焉。

此詩亦可歸入抒情類。

二十九、高亭

亭脊太高君莫拆，東家留取當西山。

好看落日斜銜處，一片春風映半環。〔註155〕

此詩作於元和十年（815），居易四十四歲，在長安，任太子左贊善大夫。

首二句有奇氣，以亭為山，亦人生之一樂也。

三句一轉，其實猶如一承。

「斜銜」緊接「落日」，只覺自然，不覺贅煩。

四句足成三句，半環乃落日之喻依。何義門謂此句「清新」，我以為此句厚重。

三十、松樹

白金換得青松樹，君既先栽我不栽。

幸有西風易憑仗，夜深偷送好聲來。

此詩亦作於元和十年。

此詩寫景之處著墨不多，卻有一些戲謔意味，但仍不失為一首別致的寫景詩。

前句先度出「白金」二字，似不免俗；下半出來「青松樹」，既可視作當句對，又轉俗為雅。

次句似調笑，卻又頗正經。

三句一轉，卻亦是二句之交代。

四句完足三句，十足風雅。「偷」字之卑，被「好聲」一舉而貴。

〔註155〕同上，頁 905，下一首同此。

三十一、題王侍御池亭

　　　朱門深鎮春池滿，岸落薔薇水浸莎。

　　　畢竟林塘誰是主？主人來少客來多。〔註156〕

　　此詩亦作於元和十年。

　　首句寫景平易而美，次句繼之，有花有水有莎，更添風致。

　　三句一轉，問林塘之主是誰，然既有題目在前，此問是虛可知。

　　四句之回答，似是而非：客者我也，然來時多多，欲篡主人之名位矣。妙在其中。

三十二、燕子樓三首之一

　　　滿窗明月滿簾霜，被冷燈殘拂臥牀。

　　　燕子樓中霜月夜，秋來只為一人長。〔註157〕

　　此詩作於元和十年，下二首同此。

　　詩前有序云：「徐州故張尙書有愛妓曰盼盼，善歌舞，雅多風態。予爲校書郎時，遊徐泗間，張尙書宴予。酒酣，出盼盼以佐歡，歡甚。……盡歡而去。邇後絕不相聞，迨茲僅一紀矣。」此三詩乃唱和張仲素之作。

　　首句「滿窗」、「滿簾」看似二物，實爲一物；「明月」即「霜」，霜乃喻依。此一寫法甚爲別致。

　　次句三象：被冷、燈殘、拂牀，亦寫內景。

　　三句寫出地名，又重複「霜月」，四句拔出主題。可謂餘音繞樑矣。

　　此詩亦可歸作抒情詩，下二首同此。

三十三、燕子樓三首之二

　　　鈿暈羅衫色似煙，幾回欲著即潸然。

　　　自從不舞〈霓裳曲〉，疊在空箱十一年。

　　明是寫人，題卻爲〈燕子樓〉，寫人即寫樓。

〔註156〕同上，頁911。

〔註157〕同上，頁926，下二首同。

首句寫眄眄之鈿之羅衫，如煙似畫，真人間一大美景也。

次句欲著潸然，不落俗調。

三句以當年之妙舞襯四句今日之淒涼。

三十四、燕子樓三首之三

今春有客洛陽回，曾到尚書墓上來。

見說白楊堪作柱，爭教紅粉不成灰？

首句「有客」指張仲素（字繢之），次句「尚書墓」指張建封墳墓，在洛陽。

三句一承亦一轉：墓上白楊已拱，堪爲房柱矣，謂年代已久。

四句回到眄眄身上。序中明說「眄眄念舊愛而不嫁，居是樓十餘年，幽獨塊然，于今尚在。」然則紅粉成灰，只是假擬之辭。意謂眄眄身雖猶在，心已隨夫君北去洛下矣。

此詩三句寫景，然重心仍在一情字。燕子樓於此，已成抽象之物地矣。

三十五、白鷺

人生四十未全衰，我爲愁多白髮垂。

何故水邊雙白鷺，無愁頭上亦垂絲？〔註158〕

此詩亦作於元和十年。

首句自抒（居易是年四十四歲），次句繼之，一實（白髮垂）一虛（愁多）。

三句一大轉，恰正入題。

四句一結，「無愁」正對二句之「愁多」，「亦垂絲」對「白髮多」，以喻依對喻體。

三句「何故」是關楗。

雙白鷺對一白頭，妙。後來楊萬里、宋子虛亦因本詩詩思作詩。

〔註158〕同上，頁 937。

三十六、登郢州白雪樓

　　　　白雪樓中一望鄉，青山簇簇水茫茫。

　　　　朝來渡口逢京使，說道煙塵近洛陽。〔註159〕

　　詩作於元和十年，時淮西寇吳元濟未平。

　　白雪樓在郢州子城西，三面墉基皆天造，正西絕壁，下臨漢江，白雪樓冠其上。

　　首句破題，「望鄉」解「登」字。

　　次句泛寫此處之山水，用二疊字詞頗得趣。

　　三句一轉：逢京使。人來了。

　　四句京使說吳元濟軍已近洛陽。此事徹頭徹尾是人間之事，却在「白雪」樓之山水中聽聞。

　　寫景詩亦抒情詩。

三十七、浦中夜泊

　　　　闇上江隄還獨立，水風霜氣夜稜稜。

　　　　回看深浦停舟處，蘆荻花中一點燈。〔註160〕

　　此詩亦作於元和十年。長安至江州途中。

　　首句寫隄上獨立，用「闇上」二字打頭，把「浦中」、「夜」、「泊」題目四字都交代了。

　　次句寫景，有視覺有觸覺，而「稜稜」二字尤為別致。

　　三句一轉，「深浦」又點題。

　　四句只有名詞意象，如同一幅畫。

　　首字「闇」，末字「燈」，承應得忒好。

　　是正宗寫景詩，人在景中。

〔註159〕同上，頁 941。

〔註160〕同上，頁 944。

三十八、望江州

　　江迴望見雙華表，知是潯陽西郭門。

　　猶去孤舟三四里，水煙沙雨欲黃昏。〔註161〕

　　此詩作於元和十年，居易四十四歲，在江州，初任江州司馬。

　　此初到江州（今江省九江市）時所作。首句見潯陽雙塔：江迴二字添加不少風致。

　　次句乃補充說明。

　　三句又承其意，寫得更加的切。

　　四句七字，純粹寫景，殊有畫龍點睛之妙。

　　四句之七字，寫盡天下黃昏之一種景象。

三十九、代春贈

　　山吐晴嵐水放光，辛夷花白柳梢黃。

　　但知莫作江西意，風景何曾異帝鄉。〔註162〕

　　此詩作於元和十一年（816），居易四十五，在江州，任司馬。

　　首句寫山水，豁達。

　　次句寫花柳，有色若有光。

　　三句一轉：「但知」下又加「莫作」，殊為別致。

　　四句一合。天下美景，每多相同處。以此自慰，又以此啓示世人。

　　十四字寫景，江州人必伏首。

　　此際居易似已習慣江州風物生活了。

四十、答春

　　草煙低重水花明，從道風光似帝京。

　　其奈山猿江上叫，故鄉無此斷腸聲。

　　此詩與上詩作于同時，一應一答。

　　首句「草煙低重」實為「草低煙重」，但亦可視作互文。水花共用一「明」，亦有互文之作用。

〔註161〕同上，頁959。

〔註162〕同上，頁982，下一首同此。

二句謂春神（見上詩）自陳風光似京都。

三句一大轉，拽出山猿叫聲來。

四句一合，乃帝京－故鄉所無者。「斷腸聲」用在此處，毫不容情，彷彿賞了春神一記耳光。

詩人狡獪，每多如此。

一枝筆，忽爾扮白臉，忽爾扮紅臉或黑臉。

四十一、惜落花贈崔二十四

漢漢紛紛不奈何，狂風急雨兩相和。

晚來悵望君知否？枝上稀疏地上多。〔註163〕

此詩亦作於元和十一年。

首句描寫落花之姿，連用二疊字詞，繼之以「不奈何」－「奈何」之擴充，「莫可奈何」之濃縮，有力。

次句以狂風急雨之實寫喻知落花之主因。「兩相和」似柔實剛。

三句承而又轉，轉在後三字。

四句總寫落花形狀，卻正綰合前二句。

此詩三句寫景，一句抒情，「悵望」二字貫穿全局。

四十二、移山櫻桃

亦知官舍非吾宅，且斸山櫻滿院栽。

上佐近來多五考，少應四度見花開。〔註164〕

此詩作於元和十一年（816），居易四十五歲，在江州，任江州司馬。

首句低調，次句稍稍高調，恰是主體主題。

「且」字有隨興之意，「滿院」足成其旨。

元陸友《硯北雜志》卷下引此詩曰：「乃知唐之小官，五考爲任。」《唐書・選舉》：定於三年一考，中品以下四考皆中者進一階。凡千牛備身五考送兵部試，有文者送吏部。

〔註163〕同上，頁983。
〔註164〕同上，頁984。

　　三四句應解作：近年來上佐多用五考，故我在此至少可留四年以上，見此山櫻桃花開花。

　　四句之景爲虛設者。

四十三、大林寺桃花

　　　人間四月芳菲盡，山寺桃花始盛開。

　　　長恨春歸無覓處，不知轉入此中來。〔註165〕

　　此詩作於元和十二年（817），居易四十六歲，任江州司馬。

　　首二句一氣貫下，示知桃花始開之時地。

　　三句一轉，其實上應首句，加一「長恨」情。

　　四句一合，應和次句。

　　大林寺在廬山香爐峯頂。

　　按一般桃花三月即開，此寺之桃花特特晚開，故得成此詩。

四十四、箬峴東池

　　　箬峴亭東有小池，早荷新荇綠參差。

　　　中宵把火行人發，驚起雙棲白鷺鷥。〔註166〕

　　此詩亦作於元和十二年。

　　首句亭池交織，次句二植物一色彩，末一「參差」縮合之。

　　三句亦承亦轉，火乃紅色。

　　四句鷺鷥白色。

　　首句池水或白或淺綠，如此四句有四個顏色，寫景詩之佳構也。

「把火」、「驚起」，靜中之動也。

四十五、建昌江

　　　建昌江水縣門前，立馬教人喚渡船。

　　　忽似往年歸蔡渡，草風沙雨渭河邊。〔註167〕

　　此詩亦作於元和十二年，在江州。

〔註165〕同上，頁 1023。

〔註166〕同上，頁 1026。

〔註167〕同上，頁 1027。

建昌江，即修水，在江西建昌縣南。

建昌縣南有喚渡亭，蓋本白居易詩意而命名。

蔡渡，以漢孝子蔡順得名，與樂天故居紫蘭村隔渭河相對。

首二句簡潔明晰，如一幅圖畫。

三四句憶舊：少年光景。四句五個意象：草、風、沙雨、渭河，合而為一，詩意盎然。

四十六、湖上閑望

藤花浪拂紫茸條，菇葉風翻綠翦刀。

閑弄水芳生楚思，時時合眼詠〈離騷〉。〔註168〕

此詩作於元和十二年（817），仍在江州。

首句之「浪」是副詞，但卻令人有風浪之錯覺。藤花、茸條可視作當句對。

次句對得巧妙。用喻，二意象實為一意象。

三句「閑弄水芳」甚別致。楚思卻平常。

四句「合眼」為合，〈離騷〉自由楚思引出。

二景二情，中規中矩。

四十七、題韋家泉池

泉落青山出白雲，縈村遶郭幾家分。

自從引作池中水，深淺方圓一任君。〔註169〕

此詩作於元和十三年(818)，居易四十七歲，在江州，任江州司馬。

首句破題：青山即白雲也，但一「落」一「出」，卻極有風致。

次句縈村遶郭是互文。「幾家分」設想得妙。

三句一轉，四句一合：「深淺方圓」擬想入微；「一任君」之「君」，韋家乎？「幾家」乎？讀者大可不必深究。

由天到人，盡在此中矣。

〔註168〕同上，頁 1055。
〔註169〕同上，頁 1079。

四十八、東牆夜合樹去秋為雨所摧今年花時悵然有感

　　碧黃紅縷今何在？風雨飄將去不迴。

　　惆悵去年牆下地，今春唯有薺花開。〔註170〕

　　此詩亦作於元和十三年。

　　首句一碧一紅，一黃一縷，把夜合樹的風姿巧妙地勾勒出來。外加三字一問，正切題旨。

　　二句解說因由。

　　三句承之，更說明時地。

　　四句轉而合，竟以薺花作墊背。

四十九、題崔使君新樓

　　憂人何處可銷憂？碧甃紅欄溢水頭。

　　從此潯陽風月夜，崔公樓替庾公樓。〔註171〕

　　此詩亦作於元和十三年。

　　《九江府志》卷三：「崔使君新樓，唐刺史崔某（按指崔能）起新樓於庾樓故址，故白司馬詩有『崔公樓替庾公樓』之句，後仍名庾樓。」

　　首句突兀，但有神韻。

　　二句以一碧一紅寫崔樓，又以後三字示明地點。

　　三句補景。

　　四句實說。

　　此二十八字，不愧題樓佳詩。

五十、題峽中石上

　　巫女廟花紅似粉，昭君村柳翠於眉。

　　誠知老去風情少，見此爭無一句詩？〔註172〕

　　此詩作於元和十四年（819），居易四十八歲，江州至忠州途中，

〔註170〕同上，頁1082。

〔註171〕同上，頁1103。

〔註172〕同上，頁1147。

即將任忠州刺史。

　　巫女廟即神女廟，又稱神女台，在巫山縣西北二百五十步，有陽台。

　　昭君村，在歸州東四十里，今宜昌市境內。

　　一二句對仗得好，以「粉」對「眉」，看似不合，細思乃知：眉黛與脂粉，本一家也。

　　三句一轉，四句驟合。

　　沒一句詩，卻寫成一首詩，詩人自相矛盾語，一笑受之可也。畢竟以無詩爲詩，古來並不罕見。

五十一、九日題塗溪

　　　　蕃草席鋪楓葉岸，〈竹枝歌〉送菊花盃。
　　　　明年尚作南賓守，或可重陽更一來。〔註173〕

　　此詩亦作於元和十四年（819），居易四十八歲，在忠州任刺史。

　　塗溪，應作涂溪，在忠州東八十里。

　　首句蕃草席充分展現地方特色，次句〈竹枝詞〉亦然。楓葉岸與菊花盃則表現時序，切題。

　　三句一轉，爲假設之辭，四句一合，再重申題旨，以「重陽」代「九日」。

五十二、和行簡望郡南山

　　　　反照前山雪樹明，從君苦道似華清。
　　　　試聽腸斷巴猿叫，早晚驪山有此聲。〔註174〕

　　此詩作於元和十四年，同上。

　　首句以「反照」始，以「明」終，而山雪樹盡在穀中矣。

　　次句指驪山華清宮。次句似謂白行簡詩中道及華清宮。

　　三句一大轉：我在忠州，日夕只聽到巴猿之斷腸叫聲，汝可願試聽之？

〔註173〕同上，頁 1169。
〔註174〕同上，頁 1176。

四句謂驪山亦當有猿，驪山人物亦當斷腸。

言外之思，若有若無。由「雪樹明」而到「腸斷」，其間實有反襯之作用。

五十三、種荔枝

紅顆珍珠誠可愛，白髮太守亦何癡？

十年結子知誰在？自向庭前種荔枝。〔註175〕

此詩亦作於元和十四年，在忠州。

首句先色次形次用喻，然後加三字讚語。

次句用「白髮」對「紅顆」，用「太守」對「珍珠」，不對而對。

三句一轉，預想未來。

四句回頭補說，「自向」二字有味。

五十四、長洲苑

春入長洲草又生，鷓鴣飛起少人行。

年深不辯娃宮處，夜夜蘇台空月明。〔註176〕

此詩約作於長慶三年（823）以前。

長洲苑，吳故苑名，在蘇州郡界。

首句開章明義。「春入」打頭甚好。

次句一鳥一人，相對成畫。

三句「辯」字應作「辨」。吳王西施之「宮娃宮」，至今已近千年，故曰「年深」，故曰「不辨」。

四句云：但蘇台仍在，夜色月光依然。

草、鷓鴣、人、蘇台、月，爲實景，娃宮爲虛景。

五十五、憶江柳

曾栽楊柳江南岸，一別江南兩度春。

遙憶青青江岸上，不知攀折是何人。〔註177〕

〔註175〕同上，頁 1177。
〔註176〕同上，頁 1219。
〔註177〕同上，頁 1220。

此詩約作於長慶三年以前。

此詩中二用「江南」，又用「江岸」（「岸」亦二見），不嫌其贅煩，正如《唐宋詩醇》（卷二四）所評：「一氣直下，節促而意長，故不嫌也。」

首二句一氣相貫，「楊柳」與「春」暗應。

三句之「青青」，兼攝楊柳與草原。

四句一問竟似合。

種柳為觀賞，為遮蔭，為後人折之送行，故有第四句之漫問。

五十六、寄題忠州小樓桃花

　　再遊巫峽知何日？總是秦人說向誰？
　　長憶小樓風月夜，紅欄干上兩三枝。〔註178〕

此詩作於長慶元年（821），居易五十歲，在長安，任主客郎中、知制誥。

居易在忠州的日子已結束了，故有此作。

首句猶如破題。以巫峽代忠州。

次句自抒：謂眼前只有秦客，無人解會忠州、巫峽之風物。

三句切題而抒，四句畫龍點睛－不，先畫欄杆點出桃花。

妙在以紅欄映襯紅花。上有風、月，更添風致。

五十七、立秋日登樂遊園

　　獨行獨語曲江頭，迴馬遲遲上樂遊。
　　蕭颯涼風與衰鬢，誰教計會一時秋？〔註179〕

此詩亦作於長慶元年。

首句最能合題，以「獨行」破「登」。

次句加「馬」，使讀者更明瞭現場即景，「遲遲」暗應「獨行獨語」。

三句由外景寫到自身，「蕭颯」公用。

四句低調之至。誰能計較一時之秋？時秋人亦秋！

〔註178〕同上，頁 1231。
〔註179〕同上，頁 1256。

五十八、舊房

遠壁秋聲蟲絡絲，入簷新影月低眉。

牀帷半故簾旌斷，仍是初寒欲夜時。〔註180〕

此詩作於長慶元年（821），居易五十歲，在長安，任主客郎中、知制誥。

《唐宋詩醇》卷二四云：「平平寫景，悽然欲絕。此種意境，非三唐以後所能到。」按中唐亦屬三唐，三唐以後，當指五代以後，蓋晚唐詩亦有此境也。

首二句以「蟲絡絲」對「月低眉」甚妙。寫舊房卻以「入簷新影」對照，亦好。

三句正面寫房屋之殘舊，四句以寒與夜正襯之，乃功德圓滿矣。

五十九、慈恩寺有感（時杓直初逝，居敬方病。）

自問有何惆悵事，寺門臨入卻遲迴。

李家哭泣元家病，柿葉紅時獨自來。〔註181〕

此詩亦作於長慶元年，在長安。

按李建（杓直）卒於長慶元年二月二十三日，居敬為元宗簡字。

首句破題（「有感」），次句繼之。「遲迴」亦有感之具體描寫也。

三句直說惆悵之內容。

四句寫景，令憾情益彰。

此詩亦可列入抒情類。

六十、惜小園花

曉來紅萼凋零盡，但見空枝四五株。

前日狂風昨夜雨，殘芳更合得存無？〔註182〕

此詩作於長慶二年（822），居易五十一歲，在長安，任中書舍人。

首句寫花殘，切題，「惜」字之意暗藏其中。

〔註180〕同上，頁1261。
〔註181〕同上，頁1264。
〔註182〕同上，頁1284。

次句把「凋零盡」之狀再補述一番。

三句轉寫造因，風、雨為互文。

四句明知故問。惜之不足，苦苦說憾，卻又用迂迴之法。

六十一、青門柳

　　青青一樹傷心色，曾入幾人離恨中。

　　為近都門多送別，長條折盡減春風。〔註183〕

此詩約作於長慶二年（822）之前，居易在長安。

前句細寫柳色，且以情感字勻入。

次句繼之，將「離恨」代「傷心」，卻巧運一動詞「入」。

三句說理，述其原因。

四句直扣題旨：「春風減」，春色少了。

柳色即是春色，青門柳即是春愁。

六十二、梨園弟子

　　白頭垂淚話梨園，五十年前雨露恩，

　　莫問華清今日事，滿山紅葉鎖宮門。〔註184〕

此詩亦作於長慶二年之前。

首句破題，次句繼之。「垂淚」與「雨露恩」前後反襯。

三句華清宮與梨園遙接，卻用「莫問」打頭；「今日」與「五十年前」相對。

四句用全力寫景，卻正成就全詩之哀情，「紅葉」與「白頭」遙應。

六十三、暮江吟

　　一道殘陽鋪水中，半江瑟瑟半江紅。

　　可憐九月初三日，露似珍珠月似弓。〔註185〕

此詩約作於元和十一年（816）至元和十三年（818），居易在江州，任江州司馬。

〔註183〕同上，頁1299。
〔註184〕同上，頁1300。
〔註185〕同上，頁1300～1301。

此詩楊愼譽之曰「工緻如畫。」王士禎則曰：「風趣非復雕琢可及。」

首句直寫，「鋪」字傳神。

次句，「瑟瑟」，楊愼以碧色解之，與「半江紅」相映成趣，確爲奇景。

三句寫日期，上加情感詞。

四句用二喻甚鮮明，二喻依未能相關，爲醇中小疵。

四句三明一暗，效果卓然。

六十四、移牡丹栽

金錢買得牡丹栽，何處辭叢別主來？

紅芳堪惜還堪恨，百處移將百處開。〔註186〕

此詩約作於元和十年（815）至長慶二年（822）。

首句破題，雅不諱俗。

次句用問句，稍近風雅。

三句一轉，愛恨交加。

四句突兀而妙。何義門曰：「似有所指。」

畢竟何所指？明指牡丹生命力之旺盛，暗指自己之隨遇而安。

六十五、內鄉縣村路作

日下風高野路涼，緩驅疲馬闇思鄉。

渭村秋物應如此，棗赤梨紅稻穗香。〔註187〕

此詩作於長慶二年（822），居易五十一歲，長安至杭州途中，將任杭州刺史。

內鄉縣，原爲中鄉縣，隋文帝時避廟諱改爲內鄉縣，唐代屬鄧州（今河南省鄧縣）。

首句寫縣：日、風、路涼。

次句直寫自己的內外。

〔註186〕同上，頁1305。
〔註187〕同上，頁1319。

三句思憶家鄉景物。

四句一一表出：棗、梨、稻，並用三顏色字配之：赤、紅、黃。

此一寫景詩，實貫串兩地。

六十六、虛白堂

虛白堂前衙退後，更無一事到中心。

移牀就日簷間臥，臥詠閒詩側枕琴。〔註188〕

此詩寫於長慶二年（822），五十一歲，在杭州，任杭州刺史。

虛白堂，在杭州刺史治所內，治所舊在鳳凰山之右。有白居易詩刻於堂上。

首句寫刺史下班。

次句寫此際心境。居易不愧爲能擔能忘之人。

三句說此時行動，亦寫景也。

四句繼之，三個動作：一、三、三。又，三、四句運用頂眞格。

此詩自可歸爲生活詩。但後二句實爲一幅圖畫，謂之廣義的寫景詩，誰曰不宜？

六十七、樟亭雙櫻樹

南館西軒兩樹櫻，春條長足夏陰成。

素華朱實今雖盡，碧葉風來別有情。〔註189〕

此詩作於長慶三年（823），居易五十二歲，仍任杭州太守。樟亭者，樟亭驛也，在錢唐縣舊治之南五里，又名浙江亭。

首句破題，且示明二樹位置。

次句寫其春夏風姿。

三句謂秋天以後白花紅果已凋收。

四句謂碧葉仍在，餘情嬝嬝。

此詩歷說櫻樹四季風情姿態，二十八字抵一篇文章。

〔註188〕同上，頁1335。
〔註189〕同上，頁1370。

五十八、潮

早潮才落晚潮來，一月周流六十迴。

不獨光陰朝復暮，杭州老去被潮催。〔註190〕

此詩作於長慶四年（824），居易五十三歲，在杭州，任刺史。

錢塘江潮天下聞名，詩人任杭州刺史三年，豈能無感無詩？

首句不免夸飾，但足以想見杭潮之旺勢。

次句補述。

三句將潮（空間）與光陰（時間）疊合爲一。

四句展延，自抒爲潮所催，冉冉老去。此際潮與歲月不分彼此矣。

五十九、杭州迴舫

自別錢唐山水後，不多飲酒懶吟詩。

欲將此意憑迴棹，與報西湖風月知。〔註191〕

此詩作於長慶四年（824），居易五十三歲，杭州至洛陽途中，將任太子左庶子。

杭州是白居易生命中最難忘的三年，此次一別，不知何年何月復能蒞此，故依依不捨之情，溢於言表。

首句實說，不曰杭州城郭，而說「錢塘山水」，其情意可想而知。

次句亦實說：詩、酒乃居易生命中最重要的兩件事，此時竟然如此！

三句一轉：是眞？是設想？

四句一合：請迴舫代報近訊：報與往日最親炙的西湖風月。

是寫景詩，亦是抒情詩。

六十、臥疾

閑官臥疾絕經過，居處蕭條近洛河。

水北水南秋月夜，管絃聲少杵聲多。〔註192〕

〔註190〕同上，頁 1556。
〔註191〕同上，頁 1574。
〔註192〕同上，頁 1580。

此詩作於長慶四年（824），居易五十三歲，在洛陽，任太子左庶子分司。

首句直述境況，次句補述地點及氛圍。

三句寫秋夜風光，四句寫聽覺意象。

杭州回來，又加罹疾，心情可想而知。情伏景中。

六十二、清明夜

好風朧月清明夜，碧砌紅軒刺史家。

獨遶迴廊行復歇，遙聽絃管暗看花。〔註193〕

此詩作於寶曆二年（826），居易五十五歲，在蘇州，任蘇州刺史。

首句把清明節的夜景一筆寫出。

次句補寫地點及其風致。

三句寫自己的行動。

四句補述：聽樂、看花。「暗」字上配「遙」字，更上接「獨」字，忒有意思。

六十三、登觀音台望城

百千家似圍碁局，十二街如種菜畦。

遙認微微入朝火，一條星宿五門西。〔註194〕

此詩作於大和元年（827），居易五十六歲，在長安、任秘書監。

觀音台在終南山，爲南五台之一。

此詩乃居易南出長安城登台望長安之作。

首二句連用二喻，把長安帝京的氣象都刻畫出來了。長安街道縱橫整齊，故如圍棋局，亦如種菜畦。

三句一承一轉：清晨望入朝官員之燈火。

四句又用一喻：五門西，皇城之景也。一條星宿爲喻依，緊接上句「入朝火」而來，「條」字傳神。

〔註193〕同上，頁1662。

〔註194〕同上，頁1718。

六十四、登靈應台北望

臨高始見人寰小，對遠方知色界空。

迴首卻歸朝市去，一梯米落太倉中。〔註195〕

此詩作於大和元年，同前。靈應台在長安南六十里終南山上。

首句實寫登台之視覺感受。

次句再延伸，色即是空之義，此時領會得最爲眞切。

三句一大轉，回去長安城裏。

四句用一巧喻：己爲一粒米，城市爲一太倉。前後對照，此景此情，何以堪哉！

六十五、宿竇使君莊水亭

使君何在在江東，池柳初黃杏欲紅。

有興即來閑便宿，不知誰是主人翁。〔註196〕

此詩作於大和二年（828），居易五十七歲，在洛陽，任秘書監。

首句自問自答，表地點，次句純寫景。

此爲暮春風景。

三句切題，重點在「有興」與「閑」。

四句頗蘊喧賓奪主之意趣。

竇使君指婺州刺史竇庠，時正任信州刺史，故其洛陽莊園空著，居易爲竇家兄弟好友，故常遊此莊，且隨意留宿。

六十六、龍門下作

龍門澗下濯塵纓，擬作閑人過此生。

筋力不將諸處用，登山臨水詠詩行。

此詩亦作於大和二年。

龍門，龍門山，即闕塞山，在河南府西南三十里，一名闕口山、伊闕山、鍾山。兩山對峙，石壁峭立，望之若闕，伊水流其下。

首句寫景寫動作。

〔註195〕同上，頁1719。

〔註196〕同上，頁1742，下一首同此。

次句抒己之情懷。

三句一轉，有精力而不用於「正途」。

四句一合，在龍門山、伊水之間，登臨吟詠。

是寫景詩，更是生活詩。

六十七、曲江有感

曲江兩岸又春風，萬樹花前一老翁。

遇酒逢花還且醉，若論惆悵事何窮？〔註197〕

此詩亦作於大和二年，居易已改任刑部侍郎。

曲江乃長安勝景，李、杜亦時有吟詠。

首句簡明，次句繼之，以萬樹烘襯詩人自己。

三句一轉，轉亦承也。花、酒是居易恩物，以花代詩，誰謂不佳？

四句乃敞開心胸說話，說大話！

風、花、樹、酒，萬事若備矣。

六十八、京路

西來爲看秦山雪，東去緣尋洛苑春。

去來騰騰兩京路，閑行除我更無人。〔註198〕

此詩作於大和三年（829），居易五十八歲，在長安至洛陽途中，時任太子賓客分司。

唐代君臣，常奔走京、洛途中，或此或彼，習以爲常，不足爲奇。

首句說回長安看雪。

次句說再回洛陽迎春。

三句總綰首二句，「騰騰」二字有味。

四句自抒，且有自負之意，未必是事實，妙在「閑行」二字。

〔註197〕同上，頁1755。

〔註198〕同上，頁1765。

六十九、華州西

　　每逢人靜慵多歇，不計程行困即眠。

　　上得籃輿未能去，春風敷水店門前。〔註199〕

　　此詩作於大和三年（829），居易五十八歲，在長安赴洛陽途中，時任太子賓客分司。

　　王士禛《帶經堂詩話》卷十四曾引用此詩，表示肯定之意。

　　華州，今陝西省華縣。

　　敷水，即羅敷水，在陝西華陰縣西二十五里。

　　首二句一貫，「慵」、「多歇」、「困（睏）」、「眠」，實爲一意相連。

　　三句一大轉，有了外在狀況。

　　四句或謂門前溢水。「敷水」乃巧妙雙關語：一解爲羅敷水，一解爲水溢於店門前。若作羅敷水講，則是因春風敷水之美景而不捨離去也。

七十、楊家南亭

　　小亭門向月斜開，滿地涼風滿地苔。

　　此院好彈〈秋思〉處，終須一夜抱琴來。〔註200〕

　　此詩作於大和二年（828），居易五十七歲，人在長安，任刑部侍郎。

　　楊家南亭，在長安朱雀門街東第五街靖恭坊楊虞卿宅，與牛僧孺宅相鄰。

　　首句小亭、門、月色，次句地、風、苔。寫景宛然如圖畫。

　　三句一承亦一轉：秋日宜彈〈秋思〉。

　　四句一合：一夜抱琴。以琴上應〈秋思〉、月、涼風、苔。

〔註199〕同上，頁1766。
〔註200〕同上，頁1790。

七十一、池邊即事

毹帳胡琴出塞曲，蘭塘越棹弄潮聲。

何言此處同風月，薊北江南萬里情。〔註201〕

此詩作於大和六年（832），居易六十一歲，在洛陽，任河南尹。

首句寫北方風物，次句摛江南風光（居易在杭州、蘇州皆曾任刺史）。

三句一轉，「何言」二字是耶非耶。

四句一合，薊北上承「毹帳胡琴出塞曲」，江南上承「蘭塘越棹弄潮聲」。「萬里情」則上接「此處同風月」。

此詩密針細縷，無懈可尋。

詩人歷盡滄桑，乃有如此感懷。

七十二、白蓮池泛舟

白藕新花照水開，紅窗小舫信風迴。

誰教一片江南興，逐我慇懃萬里來？〔註202〕

此詩作於大和三年（829），居易五十八歲，在洛陽，任太子賓客分司。

白蓮，程大昌《演繁露》卷九云：「洛陽無白蓮花，白樂天自吳中帶種歸，乃始有之。」另有〈種白蓮詩〉：「吳中白藕洛中栽，莫戀江南花懶開。萬里攜歸爾知否？紅蕉朱槿不將來。」

首句「照」字入神：是藕花照水，不是水照藕花。

次句自然對仗，字字貼切。

三、四句說明蓮藕之花入洛之因由，頗有自得之概。卻故作神祕，先說「誰教」，再說「逐我」、「慇懃」，所謂詩人故作狡獪，此其例証也。

是「江南興」，若說「江南花」便俗。

〔註201〕同上，頁1867。

〔註202〕同上，頁1887。

七十三、秋遊

　　　下馬閑行伊水頭，涼風清景勝春遊。

　　　何事古今詩句裏，不多說著洛陽秋？〔註203〕

　　此詩作於大和三年（829），居易五十八歲，在洛陽，任太子賓客分司。

　　在洛陽任閒官，居易閑興十足，漫步伊水之側，此首句開場白也。

　　次句簡寫風景，直說秋遊勝春遊。

　　三句一轉，是問是憾。

　　四句明說，是合。

　　其實古今詩史中，記秋詠秋之作，決不少於詠春者。洛陽又是古來名都，故居易此詩之第四句，恐不是客觀陳述，但若不如此收拾，詩意便太單薄。何況此詩只用「涼風清景」四字寫景，本嫌不足。

七十四、晚歸府

　　　晚從履道來歸府，街路雖長尹不嫌。

　　　馬上涼於牀上坐，綠槐風透紫蕉衫。〔註204〕

　　此詩作於大和六年（832），居易六十一歲，在洛陽，任河南尹。

　　府，河南府廨，在洛陽定鼎門街東第三街宣範坊。

　　由履道坊到宣範坊，中隔五街，故說「街路長」。

　　首句實寫地點及動作，破題。

　　次句以空間之長闊反襯自己之悠閒。

　　三句承之，說其感受。

　　四句寫景：妙在表面是槐、蕉一主一受，其實主語為藏在中間的「風」，一風透二物也。

〔註203〕同上，頁 1893。

〔註204〕同上，頁 1913。

七十五、宿龍潭寺

　　夜上九潭誰是伴？雲隨飛蓋月隨盃。

　　明年尚作三川守，此地兼將歌舞來。〔註205〕

　　此詩亦作於大和六年。

　　龍潭寺，在河南登封縣東北，唐時所建。

　　首句九潭即指龍潭。

　　次句以雲月襯托車騎與酒杯，用二「隨」字為動作，頗為瀟灑。

　　三句假設而合理，因為唐制地方官以三年為一任。三川守，即指河南尹。

　　四句預期引進歌舞，萬民同樂。此居易「眾樂樂」之懷抱，亦可見他洛陽任上甚為自得自信也。

　　此詩寫生活狀況多於風景。

七十六、過溫尚書舊莊

　　白石清泉拋濟口，碧幢紅旆照河陽。

　　村人都不知時事，猶自呼為處士莊。〔註206〕

　　此詩亦作於大和六年，居易在濟源，仍任河南尹。

　　溫尚書指溫造，字簡輿，河內人。幼嗜學，不喜試吏，隱居王屋，漁釣逍遙。德宗愛其才，召至京師。歷任戶部尚書等職。

　　處士莊，在河南濟源縣王屋山附近。

　　首句寫景並說地點，「拋」字入神。

　　次句以溫造之碧幢紅旆映襯上述天然美景。

　　三句一轉，四句合之：村人自來視溫造為隱者高士之典範，故不知他已升大官，仍稱此莊為處士莊，仍視其人為處士。

　　因為後二句，更增前二句之風采。

〔註205〕同上，頁 1916。

〔註206〕同上，頁 1920。

七十七、春風

　　春風先發苑中梅，櫻杏桃梨次第開。

　　薺花榆莢深村裏，亦道春風爲我來。〔註207〕

　　此詩作於大和五年（831），居易六十歲，在洛陽，任河南尹。

　　首句似平實詭：究竟是春風先發，還是苑梅先開？

　　二句平易：四花（豈止四花，還有李花，或許牡丹）。

　　三句再補二植物，且示知地點。

　　四句繼三句，是說薺、榆並非春之主角，卻亦以爲春風爲我來。

　　其實，居易與眾花相似，亦以爲春風爲我而來。

七十八、魏王堤

　　花寒懶發鳥慵啼，信馬閑行到日西。

　　何處未春先有思，柳條無力魏王堤。〔註208〕

　　此詩作於大和四年（830），居易在洛陽，任太子賓客分司。

　　首句一懶一慵，卻落在花、鳥身上，頗別致。

　　次句自抒，閑逸之態自見。

　　三句妙在「未春先有思」，未春，是何標準？或尚未至春節也。

　　四句寫弱柳依依。巧在將題目墊底。

七十九、舟中夜坐

　　潭邊霽後多清景，橋下涼來足好風。

　　秋鶴一雙船一隻，夜深相伴月明中。〔註209〕

　　此詩亦作於大和四年。

　　首句破題，次句繼之。「霽後」、「涼來」、「清景」、「好風」，俱是佳對。

　　三句以雙鶴配己坐之船，雅潔。

　　四句再輔以明月，更加美妙。

〔註207〕同上，頁1928。

〔註208〕同上，頁1931。

〔註209〕同上，頁1952。

八十、看採菱

菱池如鏡淨無波，白點花稀青角多。

時唱一聲〈新水調〉，譏人道是採菱歌。〔註210〕

此詩亦作於大和四年。

首句以池之明淨起興。

次句主角上場，白花青菱成對。

三句一轉，唱水歌。

四句一點，譏人，卻仍歸結在主題上，「採」字至此方露面，妙！

八十一、新雪二首之一

不思北省煙霄地，不憶南宮風月天。

唯憶靜恭楊閣老，小園新雪煖爐前。〔註211〕

此詩亦作於大和四年，下一首同此。

此二首注明「寄楊舍人」。

楊閣老，指楊汝士，汝士大和三年七月，以職方郎中知制誥，故稱為舍人。汝士宅在長安朱雀門街東第五街靖恭坊。

首二句架勢甚大，南北通包。然目的在襯托後二句。

三句寫出主角名，五句以三意象烘托楊閣老。

此詩正面寫景只最後七字，然首二句「煙霄」、「風月」亦虛中見實。

八十二、新雪二首之二

不思朱雀橋東鼓，不憶青龍寺後鐘。

唯憶夜深深雪後，新昌台上七株松。

朱雀街，即朱雀門街，在皇城南門朱雀門，為南北大街，東西廣百步，萬年、長安二縣以此街為界。

青龍寺，在長安朱雀門街東第五街新昌坊，本隋之靈感寺，龍朔二年改觀音寺，景雲二年改此名，北枕高原，前對南山，為登眺之絕勝。

新昌，指居易新昌坊居宅。

〔註210〕同上，頁1956。

〔註211〕同上，頁1958，下一首同此。

此詩建構全同前首，不過首二句變遠爲近，以一鼓一鐘具體之物起興。

三句一轉，寫出「新雪」，四句又以七松爲配－配角亦主角也。

八十三、府西池

柳無氣力枝先動，池有波紋冰盡開。

今日不知誰計會，春風春水一時來。〔註212〕

此詩作於大和五年（831）居易六十歲，在洛陽，任河南尹。

首句弔詭：無氣力，卻「枝先動」。

次句因果倒裝：因冰開池乃有波紋。

三句一轉，無中生有。

四句一合，春風、春水，兩位客卿，卻同時來到主位－池中。

全詩實寫春之旺景。

八十四、香山寺二絕之一

空門寂靜老夫閑，伴鳥隨雲往復還。

家醞滿缾書滿架，半移生計入香山。〔註213〕

此詩作於大和七年（833），居易六十二歲，在洛陽，任太子賓客分司。

香山寺，龍門十寺之一，後魏時所建，在洛陽南三十里香山。

首句以地襯人。

次句以鳥雲作伴。

三句以酒書作伴。

四句以本題香山作結。「半移生計」甚眞實。

八十五、香山寺二絕之二

愛風巖上攀松蓋，戀月潭邊坐石稜。

且共雲泉結緣境，他生當作此山僧。

〔註212〕同上，頁 1971。

〔註213〕同上，頁 2142，下一首同此。

首二句以香山寺旁之二地名伊始，下綴以松蓋、石稜，並以「攀」、「坐」二動詞媒合之。

三句實接首二句，「雲泉」可由松、潭聯想而得。

四句拓開境界，詩人不復以此生爲滿足，故以他生作僧爲結。

如此設想，更添香山寺風采。

八十六、楊柳枝詞八首之一

〈六鄉水調〉家家唱，〈白雪梅花〉處處吹。

古歌舊曲君休聽，聽取新翻〈楊柳枝〉。〔註214〕

此八首約作於大和二年（828）至開成三年（838）間，在洛陽。

〈楊柳枝〉，居易爲二妓樊素、小蠻所作也。

此詩明說歌曲，首二句實爲互文。

三句一轉，似乎故意否決前二句之所述，乃爲末句造勢。

四句重點在「新翻」，乃居易自己之創作也。

全詩雖說歌曲，然曲曲有景：水、白雪、梅花、楊柳，故列入寫景詩。

八十七、楊柳枝詞八首之二

陶令門前四五樹，亞夫營裏百千條。

何似東都正二月，黃金枝映洛陽橋？

首句用陶淵明〈五柳先生傳〉之典，次句用漢代大將周亞夫細柳營之典，一文典，一事典，皆恰恰落實在柳樹上。

三、四句方是本詩重心：洛陽橋二月之柳，乃「黃金枝」，黃金者，日色映照之光澤也。

一文一武之二古人，爲洛陽楊柳添韻。

八十八、楊柳枝詞八首之三

依依嫋嫋復青青，勾引春風無限情。

白雪花繁空撲地，綠絲條弱不勝鶯。

〔註214〕同上，頁2167，下二首同此。

前句直接描繪柳條，連用三疊字詞，前二近似，後一表顏色。

「句引」一詞，把柳和春風都擬人化了。

三句用喻，喻依、喻體密密連綴。「撲地」生動，「空」字空靈。

四句末三字突出「不勝鶯」之新思，可謂畫龍點睛。

八十九、楊柳枝詞八首之四

　　紅板江橋青酒旗，館娃宮暖日斜時。

　　可憐雨歇東風定，萬樹千條各自垂。〔註215〕

首句寫江橋前後，色澤鮮豔。

次句館娃宮加暖加日斜，格外發人思古之幽情。

三句添雨、添東風，延伸美景。「可憐」二解：可愛、可惜。

四句以萬千為飾，更憎楊柳垂首之美姿。

九十、楊柳枝詞八首之五

　　蘇州楊柳任君誇，更有錢塘勝館娃。

　　若解多情尋小小，綠楊深處是蘇家。

蘇小小，晉歌妓，能詩，武林人，墓在西湖畔。

上首詠蘇州之柳，此首詠杭州之柳，轉以蘇州為墊腳石。

首二句步步逼進，館娃第二次用，卻被比下去了。

三句尋小小，四句得蘇家。

全詩由楊柳及佳人，小小似柳乎！

九十一、楊柳枝詞八首之六

　　蘇家小女舊知名，楊柳風前別有情。

　　剝條盤作銀環樣，卷葉吹為玉笛聲。

　　此詩緊接上一首，以蘇小小為主角，正面寫她，又以楊柳為伴，為映襯。「風前別有情」，非楊柳、小小不足當之。

　　三句作銀環，四句吹聲如玉笛，皆以蘇小小為主體，楊柳枝葉為客體。

〔註215〕同上，頁2168，下四首同此。

小小與楊柳，幾已合而爲一矣。此非絕俗美景而何！

九十二、楊柳枝詞八首之七

　　　　葉含濃露如啼眼，枝嫋輕風似舞腰。

　　　　小樹不禁攀折苦，乞君留取兩三條。

　　此詩全寫楊柳本身，首二句十四字，繪盡楊柳姿態與風情。對仗亦工切。

　　三句一轉，由甜入苦。

　　四句乞人，情意十足。

九十三、楊柳枝詞八首之八

　　　　人言柳葉似愁眉，更有愁腸似柳枝。

　　　　柳絲挽斷腸牽斷，彼此應無續得期。

　　首二句又用二喻，卻甚工巧，愁眉、愁腸各有位置，不嫌重複或疊出。

　　三句用二「斷」接之，甚妙，「挽」、「牽」二動詞亦切當。

　　四句是一合，細品之則稍嫌萎弱。

九十四、冬日平泉路晚歸

　　　　山路難行日易斜，烟村霜樹欲棲鴉。

　　　　夜歸不到應閒事，熱飲三盃即是家。〔註216〕

　　此詩作於大和八年（834），居易六十三歲，在洛陽，任太子賓客分司。

　　首句寫山路，以夕日爲伴。

　　次句寫村莊、樹木、棲鴉。「欲」字尤妙。

　　三句寫閒暇。

　　四句似灑落，仍好是一結：有酒即家。

　　二景二情，情亦景也。

〔註216〕同上，頁 2208。

九十五、利仁北街作

　　　草草斑斑春雨晴，利仁坊北面西行。

　　　跼蹐立馬緣何事？認得張家歌吹聲。〔註217〕

　　此詩作於大和九年（835），居易六十四歲，在洛陽，任太子賓客分司。

　　首二句倒裝：首句先用二疊字詞，「草草」、「斑斑」俱不常見，甚有新鮮感；春雨晴亦實寫，時雨時晴，晴雨同時。二句說空間及動作。

　　三句續寫第二動作，四句說明停馬原因：一轉一合，自問自答。

　　利仁北街在洛陽長夏門之東第五街利仁坊。張家，指張擇家，歌吹者為張擇後人。

九十六、洛陽堰閑行

　　　洛陽堰上新晴日，長夏門前欲暮春。

　　　遇酒即沽逢樹歇，七年此地作閑人。〔註218〕

　　此詩亦作於大和九年。

　　洛陽堰，在府治西南。

　　長夏門，洛陽外郭城南面之城門。

　　首句順序說空間時間及天候，次句補足之：「新晴」、「欲暮」互補。

　　三句說己之行為：順便寫樹。

　　四句：交代年月及心情。「閑人」亦非易得，居易乃極有資格之人。

　　此詩亦可歸入生活詩。

九十七、過永寧

　　　村杏野桃繁似雪，行人不醉為誰開？

　　　賴逢山縣盧明府，引我花前勸一盃。〔註219〕

　　此詩亦作於大和九年。

〔註217〕同上，頁2209。

〔註218〕同上，頁2210。

〔註219〕同上，頁2210～2211。

永寧縣屬宜陽縣，貞觀元年改屬河南府。盧明府當爲永寧縣令。

首句寫杏桃，李花白，桃花紅，色澤分明，作者偏說它們「繁似雪」，莫非桃花亦有白者？恐不然也。詩人筆下無理，或另有妙趣也。

次句亦可說是「無理而妙」，今言「無釐頭」是也。其實桃杏皆爲自己而開，行人醉不醉，干花甚事？

三句一轉，引出盧縣令來。

四句一醉是一合，直擎次句。

三人一盃，助花生興。

九十八、往年稠桑曾喪白馬題詩廳壁今來尚存又復感懷更題絕句

路旁埋骨蒿草合，壁上題詩塵蘚生。

馬死七年猶悵望，自知無乃太多情。〔註220〕

此詩亦作於大和九年，洛陽至下邽途中，仍任太子賓客分司。

稠桑，即稠桑驛，在（陝西）靈寶縣西四十里。

首句破題，用「蒿草合」作末三字，正顯示時日之久。

二句以壁上詩句爲對比，實助其勢也。

三句實寫馬死而埋之時間。

四句自嘲，然仍有正面之意。

因爲第四句，全詩力道稍弱。

九十九、羅敷水

野店東頭花落處，一條流水號羅敷。

芳魂豔骨知何在？春草茫茫墓亦無。〔註221〕

此詩作於大和九年，同上。

羅敷水即敷水，在華陰縣西二十五里。

首句有地點有景物，次句補出水之名稱，正好切題。

三句仍是寫亡馬，「芳魂豔骨」四字，實譽盡良馬。

〔註220〕同上，頁2211。

〔註221〕同上，頁2212。

四句「春草茫茫」，似泛寫景，實寓很深的感慨。「墓亦無」也可算畫龍點睛了。

一百、又題一絕

貌隨年老欲何如？興遇春牽尚有餘。

遙見人家花便入，不論貴賤與親疏。〔註222〕

此詩作於開成元年（836），居易六十五歲，在洛陽，任太子少傅分司。

上一首五律題曰〈尋春題諸家園林〉，此「又一絕」之「又」的著落。

首句自抒，溢滿無奈之情。

次句轉圜：人人皆可享春色，「牽」字有味。

三句突破，是承亦是轉。

四句補述，如虎添翼。

一○一、家園三絕之一

滄浪峽水子陵灘，路遠江深欲去難。

何似家池通小院，臥房階下插魚竿？

此詩亦作於六十五歲，同上，下二首亦同。

滄浪峽、子陵灘，一指漢水，一指浙江嚴光當年隱居處，首二句並言此二地，而以「路遠江深」括之。

三句對比：家池、小院。

四句直抒：臥房、階下是二處亦可說是一處，垂釣之樂亦可寫成圖畫。

此詩切題而不誇。

一○二、家園三絕之二

籬下先生時得醉，甕間吏部暫偷閑。

何如家醞雙魚榼，雪夜花時長在前？

〔註222〕同上，頁2246，下三首同此。

首句寫己之醉態，次句寫己之偷閑，二而一也。

三句一轉，食魚兼喝酒，四句補出雪夜、花時。

此乃居家享樂圖一幅。

一〇三、家園三絕之三

鴛鴦怕捉竟難親，鸚鵡雖籠不著人。

何似家禽雙白鶴，閑行一步亦隨身？

此詩亦可歸入生活詩。

首二句各寫一鳥，皆不親人。

三句一轉：雙白鶴好。

四句補述，步步隨身。

三詩結構全同，趣味各別。合而觀之，或更佳妙。

一〇四、二月二日

二月二日新雨晴，草牙菜甲一時生。

輕衫細馬春年少，十字津頭一字行。〔註223〕

此詩作於開成元年，同上。

「十字津頭一字行」，《晉書·何曾傳》云：「蒸餅非裂成十字者不食。」一字行，猶古人所云「午貫」。

首句又同寫雨晴。（亦可解作「雨止」）。

次句草菜同生。

三句寫少年春衫騎馬行，四句寫十字津頭排一字而前行。

此詩實寫二月二日風光，有景有人。

一〇五、香山避暑二絕之一

六月灘聲如猛雨，香山樓北暢師房。

夜深起凭欄杆立，滿耳潺湲滿面涼。〔註224〕

此詩亦作於開成元年，居易六十五歲。

首句寫實，用喻亦平。

〔註223〕同上，頁 2252。
〔註224〕同上，頁 2261，下一首同此。

次句補述地點－香山寺，暢上人房。

三句一承似轉，寫自己夜起憑欄。

四句兼寫聽覺及氣候感覺。

一〇六、香山避暑二絕之二

　　紗巾草履竹疏衣，晚下香山蹋翠微。

　　一路涼風十八里，臥乘籃輿睡中歸。

此詩亦可歸入生活詩。

首句三節說己之衣著，已給人閑逸之感。

次句補述時地。

三句涼風十八里極暢快。

四句補籃輿，補睡中歸，更添風味。

一〇七、初入香山院對月

　　老住香山初到夜，秋逢白月正圓時。

　　從今便是家山月，試問清光知不知？〔註225〕

此詩作大和六年（832）秋，居易六十一歲，在洛陽，任河南尹。

首句破題，次句補寫月景。

三句突破：以香山寺之月爲吾家山之月。

四句問月：「清光」即月。「知不知？」以此爲結，殊爲瀟灑。

一〇八、令公南莊花柳正盛欲偷一賞先寄二篇之一

　　最憶樓花千萬朵，偏憐堤柳兩三株。

　　擬提社酒攜春妓，擅入朱門莫怪無？〔註226〕

此詩作於開成二年（837），居易六十六歲，在洛陽，任太子少傅分司。

詩下有自注云：「映樓桃花，拂堤垂柳，是莊上最勝絕處，故舉以爲對。」

〔註225〕同上，頁 2267。

〔註226〕同上，頁 2294～2295，下一首同此。

首二句實爲互文，「千萬朵」與「兩三株」對得巧：其實未必有萬朵，也未必止於兩三株。

酒與妓，似爲添加情調。

四句自嘲，其實「擅入」才妙。

一〇九、令公南莊花柳正盛欲偷一賞先寄二篇之二

> 可惜亭台閑度日，欲偷風景暫遊春。
> 只愁花裏鶯饒舌，飛入宮城報主人。

裴度午橋莊別墅，在洛陽長夏門南五里。

首句惋惜好景空在，次句緊接：故我遊焉。

三句一轉：花好樹好，鶯聲亦佳，但詩人故弄狡獪，偏說鶯兒饒舌愁人。

四句完足之，鶯入宮城報主人者，報居易外人擅入偷賞也。

有中生無，亦一妙技。

一一〇、嶺上雲

> 嶺上白雲朝未散，田中青麥寒將枯。
> 自生自滅成何事？能逐東風作雨無？〔註227〕

此詩作於開成五年（840），居易六十九歲，在嵩山，任太子少傅分司。

此爲「山中五絕句」之第一首，大題目下有「遊嵩陽見五物，各有所感，感興不同，隨興而吟，因成五絕。」

首句寫雲，切題。

次句寫麥，反襯。

三句綰合，四句緊扣。

自生自滅，何不作雨？

此對造物之叩問。

何義門曰：「終爲不曾作宰相，多許感喟。」未必如此也！

〔註227〕同上，頁 2435。

一一一、石上苔

　　漠漠斑斑石上苔，幽房靜緣絕纖埃。

　　路傍凡草榮遭遇，曾得七香車輾來。〔註228〕

此詩亦山中五絕句之一，下三首同。

首句寫苔之形貌。

次句寫背景，以埃襯苔。

三句寫草，「榮遭遇」甚奇。

四句解惑：七香車輾草。

七橫八豎，自然成章。

一一二、林下樗

　　香檀文桂苦雕鐫，生理何曾得自全。

　　知有無材老樗否？一枝不損盡天年。

首句以檀、桂為貴重木材之代表。

次句續之，因貴而受雕，生理乃不全。

三句引出老樗來，此無用之用也，四句說得完全。

此詩稍改莊子「材與不材」之議論，真乃金玉之論。

此詩亦可歸之為哲理詩。

一一三、澗中魚

　　海水桑田欲變時，風濤翻覆沸天池。

　　鯨吞蛟鬥波成血，深澗游魚樂不知。

首句為本題設局。

次句「翻覆」下用「沸」字，奇。

三句寫海中假設情狀，四句方始亮出魚來，魚樂，不知鯨吞蛟鬥。

此詩亦可歸為哲理詩。

〔註228〕同上，頁2436，下二首同此。

一一四、洞中蝙蝠

千年鼠化白蝙蝠，黑洞深藏避網羅。

遠害全身誠得計，一生幽暗又如何？〔註229〕

首句不知何據，亦可視作詩人之想像。

二句細寫蝙蝠之生態。

三句繼之，是承亦是轉，「誠」字是關捩。

四句寫實，露出哲理。眾生在世，有得必有失。

一一五、題朗之槐亭

春風可惜無多日，家醞唯殘軟半瓶。

猶望君歸同一醉，籃舁早晚入槐亭。〔註230〕

此詩作於會昌元年（841），居易七十歲，在洛陽，任太子少傅分司。爲「會昌元年春五絕句」之一。

朗之，皇甫曙，亦中唐詩人，槐亭其居所。

首句惜春，次句惜酒。此二「物」，居易常戀、常吟者也。

三句一轉，念友。

四句合之，以槐亭美景爲依歸。

此詩亦可歸入生活詩，或抒情詩。槐亭之景，讀者或可想見。

一一六、新澗亭

煙蘿初合澗新開，閑上新亭日幾迴？

老病歸山應未得，且移泉石就身來。〔註231〕

此詩亦作於會昌元年。

首句平而不凡，「初合」、「新開」相對，可視作當句對。

次句自問不答，以示此亭之美妙。

三句一轉，歸山不得。

四句一合：補救之方，乃就泉石，以此透顯新澗亭之身分姿色。

〔註229〕同上，頁 2436～2437。

〔註230〕同上，頁 2441。

〔註231〕同上，頁 2445。

此即西亭，在洛陽履道坊居易宅內。

一一七、新小灘

　　石淺沙平流水寒，水邊斜插一漁竿。

　　江南客見生鄉思，道似嚴陵七里灘。〔註232〕

此詩亦作於會昌元年。

首句兼寫沙、石、流水，把新小灘的主要風貌都照顧到了。

次句補一特景：斜插漁竿。

三句一轉：江南客乃泛指。

四句一合：嚴光之七里灘，乃居易詩中常詠及者。以比喻新小灘之風光，誰曰不宜！

一一八、灘聲

　　碧玉斑斑沙歷歷，清流決決響泠泠。

　　自從造得灘聲後，玉管朱絃可要聽。〔註233〕

此詩作於會昌二年（842），居易六十一歲，在洛陽。

首句寫沙寫河灘（沙中有石如碧玉者），用了二個叠字詞，以添風致。二句寫流水之氣勢之聲響，亦用二叠字詞，形成頗有氣派的對仗句。

三句一轉，「造得」動詞佳妙。

四句用反問句，直喻人籟不如天籟。

一一九、老題石泉

　　殷勤傍石遶泉行，不說何人知我情？

　　漸恐耳聾兼眼暗，聽泉看石不分明。〔註234〕

此詩亦作於會昌二年。

此詩在「題石泉」上冠一「老」字，故亦可歸入人生詩。

首句自狀其行動，次句繼之以「情」。

〔註232〕同上，頁2509。
〔註233〕同上，頁2518。
〔註234〕同上，頁2519。

三句解情，恐聾恐盲，加一「漸」字更為眞切。

四句足成之：泉石吾所愛，誠恐將來聽不見泉聲，看不見石形。

歲月不饒人，詩人尤敏感，故有此吟。

一二〇、宿府池西亭

　　池上平橋橋下亭，夜深睡覺上橋行。

　　白頭老尹重來宿，十五年前舊月明。〔註235〕。

此詩作於會昌五年（845），居易七十四歲，在洛陽，以刑部尙書致仕。

此中之府池，應指河南尹任上官府內之池亭。

首句把主要場景交代得一清二楚。

次句不睡而行，卻偏說「睡覺」。

三句自述自抒。

四句繼之，懷念十五年前爲河南尹時光景，卻用「舊月明」三字統括之。

池、橋、亭、月，足矣。

以上一百二十首寫景七絕，量可謂甚大，質則稍有參差：有上品者，有中品者，幾無下品之作。

居易寫景詩，大致有六特色：

一、寫景工細者不甚多，常泛寫入神。

二、景中有情，以景烘情。

三、常表現閑逸之情，偶有例外。

四、對大自然深表欣慕，對人間景境亦時有著筆。

五、用典不多，用喻亦有限，大致以白描之作爲大宗。

六、白氏寫景詩，在中唐諸家中，亦堪稱一勝。

〔註235〕同上，頁 2557。